JEAN M...

contes
des rives
du niger

illustrations de
ROLF WEIJBURG

castor poche flammarion

Jean Muzi, l'auteur, est né à Casablanca. Après une enfance marocaine, il fait des études de lettres et d'arts plastiques à Paris.

Grand voyageur, il a passé la moitié de sa vie à l'étranger. Passionné par le monde arabe, il en étudie depuis de nombreuses années les traditions et les aspects socio-culturels. Il a visité plusieurs pays arabes et vient de séjourner deux ans en Afrique. Homme d'images, il rapporte surtout de ses voyages photographies et films au travers desquels il cherche à montrer les modes de vie et les différences des autres peuples.

Parallèlement, il s'intéresse à la littérature orale et recueille fables et contes qu'il aime raconter et aussi écrire afin que d'autres puissent les raconter à leur tour.

Provisoirement sédentaire, il vit à Paris. Réalisateur, il participe actuellement à une expérience de vidéo-communication au sein d'une grande compagnie informatique.

Il a publié plusieurs ouvrages destinés à la jeunesse dont trois sont déjà parus dans la collection Castor Poche.

Du même auteur :
Dix-neuf fables de renard, Castor Poche n° 59
Contes du monde arabe, Castor Poche n° 70
Dix-neuf fables du roi lion, Castor Poche n° 90

Rolf Weijburg, l'illustrateur, est un artiste hollandais, né en 1952. Il vit dans une vieille maison au pied de la plus haute tour des Pays-Bas, à Utrecht.

Là, dans son atelier, il travaille sur ses eaux-fortes et ses dessins qu'il expose ensuite dans les galeries aux Pays-Bas et ailleurs.

Il aime beaucoup voyager, et ses voyages, qui l'ont souvent mené à travers l'Afrique, constituent un sujet important de ses œuvres. Il a lui-même longé le grand fleuve Niger à plusieurs endroits et a illustré ces contes avec beaucoup de plaisir.

Contes des rives du Niger :

En Afrique, le poids de la religion et des croyances tient une place prépondérante dans la vie quotidienne.

De la Guinée au Niger, du Mali au Bénin, malgré la diversité et la spécificité de chaque culture, le conte, par sa portée universelle, se fait le messager de toute la tradition orale d'un pays.

Compris de tous, éveillant tour à tour les rires et les silences, de l'enfant au vieillard, le conte accompagnera chacun sur le chemin de la vie.

Ces vingt récits courts et pittoresques amuseront le lecteur, l'enrichiront dans sa connaissance d'une autre culture et lui donneront aussi l'occasion de réfléchir sur l'enseignement et la sagesse contenus dans chacun d'eux.

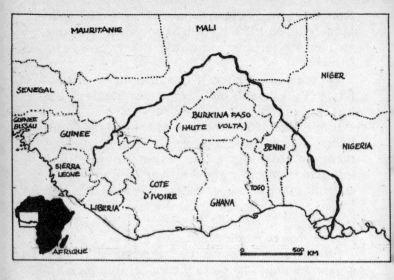

Une production de l'Atelier du Père Castor

Avant-propos

Le Niger est l'un des plus grands fleuves d'Afrique. Il prend sa source dans le Fouta-Djalon, région montagneuse située entre la Sierra Leone et la Guinée.

Ses eaux mettent neuf mois à parcourir les quatre mille kilomètres qui séparent sa source de son embouchure. Avant de se jeter dans l'océan Atlantique, le fleuve longe successivement la Guinée, le Mali, le Niger, le Bénin et le Nigeria.

Les contes ont longtemps tenu une place importante parmi les distractions de ces cinq pays. Exclusivement racontés le soir, devant les cases ou sur la place du village, ils sont le reflet de la tradition africaine. La simplicité du récit et le comique de certains personnages ne les empêchent pas d'aborder des questions essentielles pour les Africains. Le but du conteur est en effet d'amuser tout en initiant à la vie sociale.

Les contes réunis dans le présent ouvrage appartiennent à la littérature orale africaine. Au-delà du simple divertissement, ils permettent aux lecteurs de découvrir une autre culture.

Jean Muzi

1. La naissance du fleuve

Une vieille femme trouva un jour un petit veau. Elle le recueillit et le nourrit. Le veau grandit et devint un énorme taureau.

Un boucher proposa alors à la vieille femme de lui acheter l'animal.

– Il n'est pas à vendre, déclara-t-elle.

Mécontent, le boucher se rendit chez le roi.

— Une de mes voisines, lui dit-il, possède un taureau si beau que toi seul peux prétendre à le manger.

Le roi donna l'ordre à cinq serviteurs d'accompagner le boucher et de ramener rapidement l'animal.

Arrivés chez la vieille femme, les six hommes dirent à celle-ci :
— Le roi nous envoie pour prendre ton taureau.
— Je ne puis m'opposer à la volonté royale, répondit-elle. Prenez-le donc !

Les six hommes s'approchèrent du piquet auquel était attaché le taureau. Lorsqu'il les aperçut, l'animal baissa la tête et, cornes en avant, les chargea. Les hommes reculèrent, effrayés.
— Dis à ton taureau de se calmer, supplièrent-ils.

La vieille femme parla à l'animal

qui se laissa passer une corde au cou. Et il fut emmené.

De retour chez le roi, les six hommes obligèrent le taureau à se coucher sur le flanc. Ils lui lièrent les pattes afin de l'empêcher de se débattre. Puis le boucher prit son couteau pour l'égorger. Mais le couteau, pourtant très aiguisé, n'entama même pas la peau de l'animal. Le taureau possédait le pouvoir de résister aux métaux les plus tranchants.

Furieux, le boucher demanda aux hommes qui l'avaient accompagné d'aller chercher la vieille femme.

— Dis à ton taureau de se laisser égorger, si tu ne veux pas être punie par le roi, conseilla-t-il à la femme dès qu'elle fut arrivée.

Elle s'approcha de l'animal et lui parla. Le boucher parvint alors à égorger le taureau. Il l'écorcha ensuite, le dépeça et apporta toute la viande au roi, qui lui ordonna de remettre la graisse de l'animal à la vieille femme.

Elle la mit dans un panier qu'elle emporta. Arrivée chez elle, elle n'eut pas le courage d'utiliser cette graisse. Elle s'était tant attachée au taureau qu'elle ne put se résoudre à en manger le moindre morceau.

La vieille femme n'avait pas d'enfants. Elle vivait seule et devait faire elle-même son ménage malgré son âge avancé. Or, depuis la mort de son taureau, chaque fois qu'il lui arrivait de s'absenter, elle retrouvait sa case balayée.

Intriguée, elle voulut savoir qui

lui rendait ainsi service. Un matin, elle sortit et se cacha non loin de sa case pour observer ce qui se passerait. Au bout d'un moment, elle entendit du bruit. Elle approcha lentement de l'entrée de sa case et fit brusquement irruption à l'intérieur. Elle se trouva nez à nez avec une jeune fille. Surprise, celle-ci tenta de rejoindre le panier contenant la graisse du taureau. Mais la vieille femme l'en empêcha.

– Que fais-tu donc dans ma case ? lui demanda-t-elle.

– Je nettoie, répondit la jeune fille. Mais laisse-moi rejoindre le panier.

– Non ! dit la femme.

Elle saisit le panier et s'aperçut qu'il était vide. Elle comprit alors que la graisse du taureau s'était transformée en jeune fille. Afin que cette dernière conserve son apparence, la vieille femme détruisit le panier. Et elle adopta la jeune fille qui vécut près d'elle.

Quelques semaines plus tard, un marchand s'arrêta près de leur case pour demander à boire. La vieille femme était sortie. Ce fut la jeune fille qui lui offrit de l'eau. L'homme fut si bouleversé par sa beauté qu'il avala son eau avec difficulté. Sans attendre, il se rendit chez le roi et lui parla de l'existence de la jeune fille. Celui-ci envoya quelqu'un pour la chercher. Elle se présenta devant le roi en compagnie de la vieille femme.

– Ta fille est très belle, dit le roi. Je veux l'épouser.
– J'accepte, dit la femme. Mais à condition que tu veilles à ce qu'elle ne sorte pas aux heures chaudes de la journée et qu'elle ne s'approche

jamais d'un feu, car elle fondrait alors comme de la graisse.

– C'est promis, répondit-il.

Le roi épousa la jeune fille sans tarder. Il avait plusieurs femmes. Très vite sa nouvelle épouse devint sa préférée. Cela contraria beaucoup l'ancienne favorite qui dut rejoindre les femmes ordinaires. Aussi jura-t-elle de se venger.

Plusieurs mois passèrent et le roi partit seul en voyage. L'ancienne favorite attendait ce moment depuis longtemps. Elle profita du départ du roi pour parler aux femmes ordinaires. Elle fit si bien qu'elle parvint à les rendre très jalouses de la favorite. Elle suggéra ensuite d'aller lui rendre visite.

– Tu ne travailles jamais et notre mari t'offre toujours les plus beaux bijoux, déclarèrent-elles à la favorite. Si tu ne fais pas griller immédiatement les graines de sésame que voici, nous te tuerons.

La favorite fut contrainte d'obéir. Elle fit du feu et commença à travailler. Mais à mesure que grillait le sésame, son corps fondait. Très vite, elle ne fut plus qu'un liquide huileux qui finit par donner naissance à un grand fleuve.

A son retour, le roi fut surpris de ne pas retrouver sa femme préférée.

– Où est-elle donc ? demanda-t-il.

– Elle a voulu cuisiner, répondit l'ancienne favorite. Son corps a fondu, donnant naissance au fleuve que tu peux apercevoir non loin d'ici.

La nouvelle attrista le roi. Il courut vers le fleuve, suivi par son ancienne favorite. Arrivé près du cours d'eau, il prit la forme d'un hippopotame. Puis il se précipita dans le fleuve à la recherche de sa bien-aimée. L'ancienne favorite, qui aimait toujours le roi d'un amour profond, ne put se résoudre à le perdre. Elle se transforma en caïman et se jeta à l'eau pour pouvoir rester près de lui.

Depuis, caïmans et hippopotames ont toujours vécu ensemble dans le fleuve.

2. Le champ du génie

Non loin du fleuve, se trouvait un terrain que personne n'avait jamais osé défricher, car on disait qu'il appartenait à un génie.

Un matin, un homme décida de mettre ce terrain en valeur. On lui conseilla de renoncer à son projet, mais il refusa. Il partit donc avec ses outils. Arrivé sur le terrain, il commença à travailler.

– Qui défriche ainsi mon terrain ? interrogea soudain la voix d'un génie qui restait invisible.

— Moi ! répondit l'homme. Je voudrais faire un champ à cet endroit.

— A qui as-tu demandé l'autorisation ?

— A personne, dit l'homme.

Le génie fit alors apparaître cent captifs qui aidèrent le paysan. Et en fin de journée, le terrain était entièrement défriché. L'homme rentra dans son village et ne parla à personne de ce qui s'était passé.

Quelques jours plus tard, il retourna sur le terrain et mit en tas toutes les broussailles qui avaient été arrachées.

— Qui va là ? demanda le génie.

— C'est moi ! dit le paysan.

— Que viens-tu faire encore ici ?

— Poursuivre le travail et brûler tout ce que nous avons arraché.

Le génie envoya ses captifs et tout fut brûlé en quelques heures.

L'homme rentra ensuite chez lui et attendit la saison de l'hivernage.

Dès les premières pluies, il retourna sur le terrain afin de l'ensemencer.

– Qui ose fouler mon champ ? demanda le génie.

– Moi ! répondit le paysan.

– Encore toi !

– Oui. Je vais semer du mil, déclara l'homme.

Le génie fit à nouveau apparaître ses cent captifs pour l'aider. Et le champ, qui était très étendu, fut rapidement ensemencé.

Le mil poussa. Vint le moment où il fallut le protéger des oiseaux. Armé de sa fronde, le paysan lança des pierres et poussa des cris pour effrayer les pillards.

– Que se passe-t-il ? demanda le génie.

– Rien, dit l'homme. Je fais de mon mieux pour éloigner les oiseaux.

Chaque jour, le paysan travaillait seul en attendant que le mil parvînt à maturité. Au bout d'une semaine, il tomba malade. Sa maladie n'était pas très grave, mais elle l'empêchait de se rendre jusqu'au champ. Aussi décida-t-il d'y envoyer son jeune fils.

– Aujourd'hui, tu vas me remplacer, dit-il à l'enfant. Fais de ton mieux pour éloigner les oiseaux et tâche de ne pas toucher aux tiges de mil.

– Oui, dit l'enfant.

– Si quelqu'un te demande qui tu es, réponds que tu es mon fils, ajouta le père.

L'enfant partit sans attendre. Arrivé dans le champ, il cassa une tige de mil et en suça la sève. Elle était sucrée et il se régala.

— Qui est là ? demanda soudain le génie.

— Je suis le fils du paysan, expliqua l'enfant. Mon père est malade et il m'a envoyé ici pour le remplacer.

— Que fais-tu ?

— Je suce la sève d'une tige de mil, répondit l'enfant.

Le génie fit alors apparaître ses cent captifs.

— Le fils du paysan a cassé une tige de mil, leur dit-il, et il est en train d'en sucer la sève. Aidez-le donc.

Les captifs obéirent. Ils étaient très gourmands et en quelques heures il ne resta plus rien dans le champ.

3. La traversée du fleuve

Trois hommes cheminaient à travers la brousse. Ils se dirigeaient vers le fleuve qu'ils comptaient traverser avant la nuit.

Le premier portait un sabre. Et le second, un arc et des flèches. Le troisième n'était pas armé. C'était un homme humble qui portait autour de la tête un long turban de couleur blanche.

Arrivé au bord du fleuve, les trois hommes furent surpris par sa largeur.

– Comment allons-nous parvenir à
le franchir ? interrogea l'un d'eux.
– Que chacun fasse de son mieux,
déclara celui qui portait le sabre.
Retrouvons-nous sur l'autre rive.

Il s'approcha alors de l'eau, leva
ses bras musclés et frappa le fleuve
avec son arme. Les eaux s'entrou-
vrirent et il traversa rapidement
cependant que le passage se refer-
mait derrière lui. Arrivé sur la rive
opposée, il se retourna et interpella ses compagnons.
– Faites comme moi, leur dit-il.

Le deuxième homme prit son arc et visa un arbre au-delà du fleuve. Il était très adroit et il y planta une flèche du premier coup. Puis il tira rapidement toutes celles que contenait son carquois. Les flèches s'enfilèrent les unes dans les autres et finirent par constituer un pont fragile au-dessus du fleuve. Le deuxième homme l'emprunta et put ainsi traverser à son tour.

– Fais comme nous, crièrent les deux premiers hommes à leur compagnon qui se trouvait toujours de l'autre côté du fleuve.

Le troisième homme roula lentement son turban. Il fit un nœud coulant et lança le turban qui alla s'accrocher à un arbre sur la rive opposée. Et il traversa, lui aussi.

Les trois hommes étaient à nouveau réunis. Ils échangèrent alors un sourire sans rien dire avant de se séparer.

La vie n'est-elle pas un fleuve que chacun traverse à sa façon ?

4. Les deux sœurs

Une mère avait deux filles. Elle préférait l'aînée, qu'elle favorisait constamment. Un matin, elle envoya la puînée au fleuve pour laver une calebasse.

La petite obéit et partit aussitôt. Arrivée au bord du fleuve, elle rencontra un génie qui avait pris l'apparence d'une vieille femme.

— Peux-tu m'aider à remplir ma jarre, lui demanda la vieille femme.

– Oui, dit l'enfant.

Dès que la jarre fut pleine, la petite fille lava sa calebasse et voulut rentrer chez elle. Mais la vieille femme la retint et lui offrit un œuf.

– En chemin, lui dit-elle, des oiseaux vont t'insulter et te conseiller de te débarrasser de cet œuf. Surtout ne leur réponds pas et veille à ne pas casser l'œuf avant d'arriver en vue de ton village. Si tu m'écoutes, tu n'auras pas à le regretter.

– Bien, dit la petite fille.

Et elle partit. Elle rencontra effectivement des oiseaux qui l'insultèrent.

– Brise ton œuf, lui dirent-ils, car il est maléfique.

La petite fille refusa de les écouter et poursuivit rapidement son

chemin. Arrivée près de son village, elle trébucha contre une pierre et elle tomba. L'œuf lui échappa et se brisa. Aussitôt, un troupeau de bétail apparut, qui la suivit jusqu'à sa case.

– Où as-tu trouvé tous ces animaux ? demanda sa mère avec surprise.

La petite lui expliqua ce qui s'était passé. La mère voulut que sa fille aînée fasse de même. Elle lui demanda donc de se rendre au fleuve pour y laver à son tour une calebasse. L'aînée protesta, prétendant que le fleuve était loin et qu'elle n'aimait pas marcher. Comme sa mère insistait, elle finit par obéir.

Arrivée au fleuve, elle rencontra elle aussi la vieille femme.

– Je suis âgée, lui dit celle-ci. Peux-tu m'aider à remplir ma jarre ?

– Débrouille-toi toute seule, répondit la fille, car je suis fatiguée.

La vieille femme insista.

– Ne m'ennuie pas, reprit la fille.

– Tu n'es pas très serviable, constata la femme. Mais je vais quand même te faire un cadeau.

Et elle lui tendit un œuf.

– Prends bien soin de ne pas le casser avant d'arriver chez toi, conseilla-t-elle.

– Oui, vieille folle ! répondit la fille avant de s'en retourner.

Sur le chemin, quelques oiseaux l'insultèrent. La fille leur répondit de la façon la plus vulgaire. Elle s'emporta et leur lança l'œuf pour les chasser. L'œuf se brisa et des bêtes féroces en surgirent aussitôt. Elles se jetèrent sur la jeune fille et la dévorèrent rapidement.

Il ne resta d'elle que son bracelet. Sa mère le retrouva le lendemain sur le sol. La vieille femme l'attendait à cet endroit. Elle l'aborda et lui dit qu'elle avait été témoin du drame. Elle lui raconta ce qu'elle avait vu, mais elle ne lui expliqua pas pourquoi sa fille avait subi ce triste sort.

5. Le prince et le caïman

A la mort de son père, un prince fut évincé du pouvoir par son frère cadet qui le fit emprisonner. Mais il réussit à s'évader grâce à la complicité de son griot*.

Les deux hommes prirent la fuite ensemble, n'emportant avec eux

* Griot : en Afrique, poète, chanteur, danseur. On distingue les troubadours, les musiciens, les conseillers des chefs, et les détenteurs du savoir.

qu'une outre remplie d'eau et le chien du prince. Ils marchèrent près d'une semaine avant d'arriver dans un village où l'hospitalité leur fut accordée. Le chef du village organisa une fête en leur honneur et pria ses filles de tenir compagnie à ses hôtes.

Après avoir dîné, les jeunes filles quittèrent la case occupée par le prince. L'une d'elles oublia son collier d'or. Durant le sommeil du prince, une autruche pénétra dans la case et avala le collier.

Le lendemain matin, les jeunes filles vinrent réveiller le prince de bonne heure.

— Hier soir, dit l'une d'elles, j'ai oublié mon collier dans ta case.

— Je n'ai rien vu, déclara le prince.

— Où l'as-tu caché ? demandèrent les jeunes filles.

Comme le prince ne répondait pas, elles fouillèrent sa case. Mais en vain.

Furieuse, celle qui avait perdu son collier alla en parler à son père.
— Es-tu sûre que ce soit lui qui l'ait volé ? demanda le chef.
— Oui ! père, répondit-elle. Je suis la dernière à être sortie de sa case hier soir.
— Ma fille, il est difficile d'accuser quelqu'un sans véritable preuve, déclara le chef.

Durant ce temps, le prince examinait le sol. Il y découvrit les empreintes des pattes de l'autruche. Il se rendit alors chez le chef du village.
— Je souhaiterais acheter ton autruche, lui dit-il.
— Elle n'est pas à vendre, répondit

le chef. Mais que veux-tu faire de cette autruche ?

– La tuer ! dit le prince.

– La tuer ? Et pourquoi ?

– Pour permettre à ta fille de retrouver son collier, expliqua le prince.

L'oiseau fut mis à mort. Dans son estomac, les serviteurs du chef retrouvèrent le collier d'or.

– Ta fille mérite punition, car elle m'a accusé à tort de lui avoir volé son collier, dit le prince.

– Oui, répondit le père. Reviens me voir en fin d'après-midi et je lui infligerai la punition de ton choix.

Le prince accepta. Mais le griot n'était pas de cet avis.

– Il ne nous arrivera rien de bon si tu fais punir le jeune fille, dit-il au prince. Il est préférable d'oublier.

Le prince écouta les conseils de son griot et tous deux reprirent la route sans attendre. Ils marchèrent longtemps dans la brousse. L'eau vint à leur manquer. Epuisé, le griot refusa de continuer et s'allongea à l'ombre d'un grand arbre.

– Attends-moi ici avec le chien, lui dit le prince. Je vais aller chercher de quoi boire.

Et il partit avec l'outre.

Une heure plus tard, il arriva près d'une mare où un génie était en train de se baigner. Le génie le regarda fixement et des flammes jaillirent de son corps. Le prince ne parut pas impressionné. Alors le génie grandit et se transforma en un géant hideux. Le prince resta impassible.

– Où veux-tu en venir ? demanda-t-il au génie.

– Je voulais voir si tu étais coura-
geux, répondit celui-ci. Comme tu
es très brave, je vais te faire un
cadeau.

Et il lui donna un fusil.
– Merci ! dit le prince.
– Avec ce fusil, il te suffira de tirer
en l'air pour tuer tes adversaires,
déclara le génie.

Après avoir rempli son outre
d'eau, le prince décida d'essayer le
fusil. Il tira en l'air et le génie
mourut. Il rejoignit ensuite son
griot qui, las d'attendre, s'était mis
à chanter les louanges de son jeune
maître. Le prince lui donna à boire
et lui raconta ce qui s'était passé.
– Avec ce fusil, ajouta-t-il, je suis
invincible, car nul autre que moi
ne possède une arme aussi merveilleuse.

Les deux hommes s'accordèrent

une nuit de repos et repartirent de bonne heure le lendemain matin.

Au bout de quinze jours, ils arrivèrent dans une petite capitale située au bord d'un large fleuve. Depuis près d'un an, personne n'y avait bu d'eau fraîche car un caïman féroce empêchait les habitants de s'approcher du cours d'eau. Chaque année, une jeune fille, parée de ses plus beaux bijoux, lui était sacrifiée. En échange le caïman permettait aux habitants de faire provision d'eau pour un an.

Le soir où le prince et son griot pénétrèrent dans cette étrange capitale, une grande animation régnait dans la ville. Ils demandèrent l'hospitalité à un homme qui accepta de les loger dans sa case.
— J'ai très soif, déclara le prince.

— Tu devras attendre demain pour te désaltérer, dit l'homme.

— Pourquoi ? interrogea le prince.

L'homme lui expliqua qu'il n'y avait plus d'eau, car toute la ville subissait la tyrannie d'un caïman.

— Demain, une jeune fille sera sacrifiée et nous pourrons faire provision d'eau pour un an, ajouta-t-il. Tu as dû apercevoir les préparatifs de la fête dans toute la ville.

— Montre-moi le chemin du fleuve ! dit le prince.

— Non, supplia l'homme. C'est trop dangereux.

Le prince et son griot étaient tellement assoiffés qu'ils maltraitèrent l'homme pour l'obliger à les conduire jusqu'au fleuve. Dès qu'ils furent en vue du cours d'eau, l'homme refusa de faire un pas de plus et retourna chez lui en courant.

Le prince prépara son fusil, pendant que le griot s'approchait du fleuve pour remplir l'outre. Dès qu'il l'eut plongée dans l'eau, une voix caverneuse se fit entendre. C'était le caïman.

– Qui ose puiser mon eau ? demanda l'animal.

– Moi ! répondit le griot, car j'ai très soif.

– Qui es-tu ?

– Un étranger !

– Nul n'a le droit d'enfreindre mes lois, hurla le caïman avec colère.

Et il s'approcha lentement de la berge. Il ouvrit ses énormes mâchoires et cracha des flammes rouges qui terrorisèrent le griot.

– Ne m'abandonne pas, dit-il au prince.

Alors celui-ci tira et le caïman mourut. Toujours tremblant, le griot ne parvint qu'avec difficulté à remplir l'outre. Pendant ce temps le prince traînait au sec le corps de l'animal. Puis il attacha son chien près du caïman pour qu'il le garde.

L'homme qui les avait accompagnés jusqu'au fleuve fut surpris de revoir le prince et son griot.
– Comment êtes-vous parvenus à échapper au caïman ? demanda-t-il.
– Il est des questions qui doivent rester sans réponse, dit le prince.
L'homme n'insista pas.

Le lendemain, le roi, suivi de ses ministres et de toute la population de la capitale, s'approchait lentement du fleuve pour remettre sa propre fille au caïman, lorsqu'il aperçut soudain la dépouille de l'animal gardée par un chien. Surpris, il donna l'ordre à tout le monde de s'arrêter et de faire silence.

– Je vous annonce la mort du caïman, s'écria le roi en souriant.

A cette nouvelle, tout le monde se précipita dans l'eau du fleuve. Puis le roi voulut savoir qui avait tué le caïman.

– J'accorderai tout ce qu'il voudra à celui qui a réussi à nous débarrasser de ce maudit animal, déclara-t-il.

Trois hommes prétendirent avoir tué le caïman. Le roi réfléchit un moment avant de leur dire :

– Le valeureux chasseur qui a tué le caïman a laissé son chien pour en garder la dépouille. Je veux donc savoir à qui appartient ce chien.

Chacun des trois hommes déclarant en être le propriétaire, le roi leur ordonna de s'approcher du chien pour le caresser. L'animal les mordit tous les trois en aboyant furieusement.

– Vous mentez, dit le roi. Un chien ne mord pas son maître.

L'homme qui avait hébergé le prince et son griot s'avança alors.

– Est-ce toi qui as tué le caïman ? lui demanda le roi.

– Non ! Mais je connais celui qui l'a tué.

– Où est-il ? demanda le roi.

– Il dort dans ma case.

Le roi envoya deux soldats avec ordre de le ramener rapidement. Lorsque le prince fut devant lui, le roi lui dit :

– C'est donc toi qui as tué le caïman ?

– Oui, dit le prince qui était pieds nus.

– Peux-tu le prouver ?

– Oui ! Le chien qui garde la dépouille de l'animal m'appartient.

Le prince s'approcha de son chien et le caressa avant de le détacher. Puis il retourna le caïman. Une paire de chaussures se trouvaient sous le corps de l'animal. Il les ramassa et se chaussa.

– Cet homme est bien le valeureux chasseur qui a tué le caïman, déclara le roi devant la foule. Je lui demandais une preuve et il m'en a fourni deux.

Tout le monde acclama longuement le prince.

– Que souhaites-tu en guise de récompense ? demanda enfin le roi.

– La main d'une de tes filles, répondit le prince.

– Je n'en ai qu'une, dit le roi. Mais je te l'accorde avec plaisir.

Le mariage fut célébré avec faste.

Le roi n'avait pas de fils. Avant de mourir, il désigna son gendre comme héritier. Dès qu'il fut sur le trône, celui-ci leva une armée. Et il partit en guerre pour récupérer le trône que son frère cadet lui avait usurpé quelques années plus tôt.

6. Les menteuses

Deux frères avaient chacun une fille. Un matin, l'un d'eux se rendit chez l'autre. Mais celui-ci était absent.

— Où est ton père ? demanda l'homme à la fille de son frère.

— Cette nuit, répondit-elle, le ciel s'est affaissé. Mon père est allé couper des arbres afin de faire des étais qui permettront de le soutenir.

— Puisqu'il est occupé, dit l'homme, je le verrai plus tard. Mais n'oublie pas de lui dire que je suis passé.

Lorsque son père fut de retour, la fille lui annonça que son frère était venu le voir. Il décida alors de lui rendre visite à son tour. Et il partit sans attendre.

— Ton père est-il là ? demanda-t-il à sa nièce qui pilait du mil devant sa case.

— Non, répondit-elle.

— Tant pis, dit l'oncle. Mais j'ai très soif. Donne-moi à boire.

— Oui, dit-elle.

Et elle entra dans sa case. Comme elle tardait à en ressortir, l'oncle finit par s'impatienter.

— Que fais-tu donc ? interrogea-t-il sur le ton de la colère.

— L'eau de la jarre de ma mère et celle de la jarre de ma belle-mère ont été mélangées, répondit-elle. Je suis en train de les séparer. Je te donnerai à boire lorsque j'aurai terminé.

A votre avis, quelle est la plus menteuse des deux ?

7. La promesse

Un homme, dont les doigts étaient rongés par la lèpre, vivait de la vente de ses poulets. Chaque jour, il allait chercher des termites pour les nourrir.

Un matin, alors qu'il longeait le fleuve, il arriva près d'un grand arbre où un rapace avait fait son nid et pondu ses œufs.

– Pourquoi ramasses-tu des termites ? lui demanda l'oiseau.

– J'élève des poulets, répondit

l'homme. Les termites me servent à les engraisser. Je n'ai pas la possibilité de faire un autre travail, car mes doigts sont coupés.

— Accepterais-tu de protéger mes œufs si je te rendais tes doigts ? demanda le rapace.

— J'accepte, dit l'homme avec empressement.

L'oiseau le saisit alors à l'aide de ses serres et l'emporta au ciel. Puis il le laissa retomber. Lorsqu'il se releva, l'homme constata avec joie qu'il avait retrouvé ses doigts.

— J'ai le pouvoir de te donner tout ce que tu désires, déclara le rapace. Que souhaites-tu donc ?

— Des femmes ! dit l'homme.

L'oiseau s'envola et revint avec dix femmes dont il lui fit présent.

— Que veux-tu encore ?

50

— Plusieurs chevaux ! répondit l'homme.

Le rapace s'envola encore et rapporta vingt chevaux racés. L'homme demanda aussi de l'or et des captifs pour cultiver ses champs. L'oiseau lui accorda tout ce qu'il voulait. Et il fit de lui un roi.

— J'espère, dit le rapace, que tu te souviendras de tout de que je t'ai donné. En échange, tu m'as promis de protéger mes œufs. Tiens ta promesse et veille bien sur eux.

Chaque matin, l'homme allait s'asseoir sous l'arbre où l'oiseau avait fait son nid. Comme il était devenu roi, des griots l'accompagnaient et faisaient de leur mieux pour le divertir. En fin de journée, il les récompensait en offrant à chacun le présent de son choix. Les griots choisissaient généralement quelques pièces d'or ou, parfois, une vache. Mais un soir, l'un d'eux exigea les œufs du rapace dont le roi avait la garde.

— C'est impossible, déclara le souverain. Choisis autre chose.

— Ce sont ces œufs que je veux, dit le griot.

— Non ! reprit le roi.

Alors tous ceux qui étaient présents protestèrent. Et les vieux sages déclarèrent que, si le griot maintenait sa demande, il faudrait couper l'arbre et lui donner les œufs.

— J'interdis qu'on y touche, s'écria le roi.

Pourtant, malgré son interdiction, les griots, armés de haches, commencèrent à couper l'arbre, très tôt le lendemain, pendant que le roi dormait encore. Le rapace

était déjà parti chasser. Il entendit les coups de hache et retourna rapidement vers son nid. Il arriva au moment où l'arbre s'abattait, brisant les œufs dans sa chute.

Fou de rage, l'oiseau se rendit chez le roi qui venait de se lever. Il le saisit à l'aide de ses serres et l'emporta. Arrivé à l'endroit où il l'avait laissé tomber la première fois, il le lâcha de nouveau.

Lorsqu'il se releva, l'homme s'aperçut que ses doigts étaient, comme par le passé, rongés par la lèpre.

— Tu ne retrouveras jamais ni tes doigts ni les biens que je t'avais donnés, dit l'oiseau, car tu n'as pas su tenir ta promesse.

8. Les deux voleurs

Deux voleurs habitaient le même village situé au bord du fleuve. Ils faisaient équipe depuis longtemps, mais ils n'avaient aucune confiance l'un envers l'autre.

Un jour, en fin d'après-midi, l'un des voleurs aperçut une caravane qui approchait du village. Il appela son camarade et lui dit :

– Des marchands arrivent. Tâchons de trouver un moyen pour leur voler quelque chose.

Les marchands venaient de loin

et ils étaient très fatigués. Ils firent donc étape dans le village. Ils entravèrent leurs chameaux et, après un dîner frugal, allèrent se coucher.

Dès que les marchands furent endormis, les deux voleurs s'approchèrent en silence des chameaux et

assommèrent le gardien. Ils détachèrent deux animaux qu'ils conduisirent près d'un puits tari se trouvant en dehors du village. Et ils déchargèrent les balles de marchandises qu'ils portaient. Puis ils fouettèrent les flancs des chameaux qui prirent la fuite et allèrent se perdre dans la brousse. Les deux voleurs jetèrent ensuite au fond du puits les balles de marchandises qu'ils avaient dérobées. Et ils retournèrent au village où ils ne firent aucun bruit pour éviter de se faire repérer.

Plusieurs semaines s'écoulèrent, durant lesquelles ils s'abstinrent de retourner au puits tari. Lorsque les habitants du village cessèrent de parler du vol, qui avait fait grand bruit, les deux voleurs estimèrent qu'ils pouvaient songer à revendre les marchandises.

Un matin, ils se rendirent donc au puits tari avant le lever du jour. Dès que les premières lueurs du soleil enflammèrent l'horizon, un des voleurs dit à son camarade :

— Descends dans le puits à l'aide de cette corde dont je vais tenir le bout. Dès que tu seras parvenu au fond, tu accrocheras successivement les autres balles de marchandises à la corde afin que je les hisse.

— Très bien, répondit l'autre.

Le voleur d'en haut remonta la première balle de marchandises. Puis la seconde et la troisième. Lorsque arriva le moment d'accrocher à la corde la quatrième balle, le voleur d'en bas, qui était prudent, préféra remonter en même temps qu'elle. Aussi se cacha-t-il dans cette dernière balle.

— Tu vas devoir tirer très fort,

cria-t-il à son camarade, car cette balle est la plus lourde des quatre.

— D'accord ! répondit l'autre.

Et il tira sur la corde de toutes ses forces.

Dès que la dernière balle fut remontée, le voleur d'en haut décida de garder pour lui toutes les marchandises. Persuadé que son camarade se trouvait toujours au fond, il saisit une grosse pierre qu'il jeta dans le puits. La pierre alla se fracasser au fond du puits en résonnant. Le voleur d'en haut tendit ensuite l'oreille. Comme il n'entendait plus aucun bruit, il en déduisit que la pierre avait tué son camarade.

C'est alors que le voleur d'en bas sortit de la balle de marchandises dans laquelle il s'était caché.

— Traître ! hurla-t-il, tu voulais me

tuer pour tout garder.

– Non, dit l'autre.

– Tu mens !

– Mais non !

– Pourquoi as-tu jeté une grosse pierre au fond du puits ? demanda le voleur d'en bas en brandissant soudain un poignard.

Le voleur d'en haut devint blême en apercevant l'arme dont la lame aiguisée brillait au soleil.

– Epargne-moi, supplia-t-il. En échange, je te laisserai toutes les marchandises.

Le voleur d'en bas refusa. Il s'approcha pour poignarder son camarade qui saisit un bâton et réussit à le désarmer. Les deux hommes échangèrent ensuite des coups de poing et des coups de pied. Puis ils s'empoignèrent et roulèrent dans la poussière. Le corps-à-corps dura longtemps.

Les deux hommes se battaient sans songer au danger que représentait le puits. Ils frappaient sans cesse, se rapprochant lentement du trou béant qu'aucune margelle ne protégeait. Ils finirent par tomber dans le puits où ils moururent tous les deux.

9. La vengeance de l'orpheline

Une petite fille avait perdu sa mère. Elle vivait avec sa marâtre qui ne l'aimait guère. La marâtre avait sa propre fille qu'elle dispensait de presque toutes les tâches ménagères. Et la petite orpheline était toujours chargée des corvées les plus ingrates.

Elle se rendait chaque jour au fleuve pour aller chercher de l'eau. En chemin, elle en profitait pour s'arrêter sur la tombe de sa mère, près de laquelle avait poussé un figuier.

— Ô figuier, disait-elle après s'être recueillie, baisse-toi !

Alors les branches de l'arbre s'abaissaient. L'orpheline faisait provision de figues, dont elle se nourrissait, car sa marâtre ne lui donnait pas grand-chose à manger.

Un jour, elle rapporta quatre figues à la case et les donna à sa demi-sœur. Celle-ci en mangea deux et offrit les deux autres à sa mère qui les trouva délicieuses.

— D'où viennent ces fruits, demanda-t-elle.

— C'est moi qui les ai cueillis, répondit l'orpheline.

— Pourquoi ne nous en rapportes-tu pas plus souvent ? dit avec dureté la marâtre. Tu vas nous montrer où se trouve le figuier.

L'orpheline conduisit sa marâtre et sa demi-sœur jusqu'à l'arbre. La marâtre grimpa rapidement dans le figuier, s'assit sur une branche et commença à se gaver de fruits.

— Ô figuier, dit la petite orpheline, allonge-toi !

L'arbre se mit à croître. Au bout d'un moment, il fut si grand que la marâtre se trouva dans l'impossibilité d'en redescendre. Sa fille se mit à pleurer et appela des passants.

— Que se passe-t-il ? demandèrent ceux-ci.

— Ma mère se trouve dans cet immense figuier, leur déclara-t-elle. Il faut l'aider à redescendre.

— Nul ne peut grimper si haut, répondit un vieil homme qui n'avait jamais vu de figuiers aussi grands.

– Comment un figuier a-t-il pu atteindre cette taille ? demanda un autre homme.

– C'est ma demi-sœur qui l'a fait grandir en prononçant des paroles magiques.

– Est-ce vrai ? interrogea une femme.

– Oui ! dit l'orpheline. C'est grâce à ma mère, dont la tombe se trouve ici, que je possède ce pouvoir.

– Alors, fais reprendre une taille normale à ce figuier, dit le vieil homme.

La petite orpheline refusa. Tout le monde la supplia et elle finit par se laisser convaincre. Elle regarda alors fixement la tombe de sa mère en disant calmement :

– Ô figuier, reprends une taille normale !

L'arbre rapetissa lentement. Devant un tel prodige, ceux qui se trouvaient là restèrent muets d'admiration. Lorsque le figuier eut enfin repris sa taille normale, la marâtre sauta de la branche où elle était assise. Et elle regagna sa case sans prononcer la moindre parole.

A dater de ce jour, elle traita la petite orpheline comme sa propre fille.

10. La patience

Deux jeunes rois, dont les royaumes respectifs s'étendaient de part et d'autre du fleuve, étaient amis et se rencontraient souvent.

Un jour où ils festoyaient, l'un d'eux déclara :
— Nous sommes encore célibataires. Nous devrions songer à nous marier.
— Oui, répondit l'autre.
— Tu as une sœur qui est très belle,

déclara le premier. Accepterais-tu de me la donner ?

– Oui, mais à condition que tu m'accordes la main de ta propre sœur.

C'est ainsi que les deux rois devinrent beaux-frères. Ils l'étaient à double titre, puisque chacun d'eux avait épousé la sœur de l'autre.

Peu de temps après leurs mariages, les deux amis décidèrent que le premier qui aurait un fils recevrait de l'autre trois lions en or.

Le temps passa. Et un matin, l'épouse du premier roi mit au monde une fille. Au même moment, naissait un prince de l'autre côté du fleuve.

Le premier roi dut s'endetter pour réunir l'or nécessaire à la fabrication des trois lions. Lorsqu'ils furent prêts, il alla les re-mettre à son ami. Ce fut l'occasion de longues réjouissances.

Les deux rois continuaient de se voir chaque semaine. Leurs enfants grandissaient. Toutes les fois que le père de la princesse demandait à son ami des nouvelles de son fils, celui-ci répondait en plaisantant :

— Le prince vaut trois lions d'or. Et ta fille ?

— La princesse grandit, répondait l'autre invariablement.

Quelques années plus tard, le père du prince dit à son ami :

— Accepterais-tu que nos deux en-fants se marient ensemble ?

— Oui, dit le père de la princesse. Mais quel est le montant de la dot* ?

* Chez les musulmans, c'est l'homme qui amène la dot destinée à sa future épouse.

– Choisis toi-même !

– La princesse vaut trois lions d'or.

– Très bien, dit le père du prince.

Il se leva alors et serra la main de son ami afin de sceller leur accord. Puis il le prit familièrement par le bras en ajoutant :

– Tu es l'homme le plus patient que je connaisse. Tu as su attendre le temps qu'il fallait pour récupérer ton or.

11. Les deux frères

Deux frères avaient coutume de chasser ensemble et ne revenaient jamais bredouilles. Mais le gibier vint à manquer. Comme ils n'avaient plus grand-chose à manger, les deux hommes maigrissaient à vue d'œil.

Un soir où ils rentraient sans avoir tué le moindre gibier, les chasseurs trouvèrent deux œufs, non loin du fleuve. Le puîné préféra attendre, car il savait qu'un œuf ne suffirait pas à calmer sa faim.

Le lendemain, les deux hommes furent à nouveau bredouilles et ils trouvèrent encore deux œufs. L'aîné en mangea un. Le puîné garda l'autre.

Il en fut ainsi durant toute la semaine. Le puîné, qui se contentait chaque jour des fruits qu'il trouvait, posséda bientôt sept œufs.

Le matin du huitième jour, il eut l'agréable surprise de constater que ses œufs venaient d'éclore. Il était donc en possession de sept poussins qui grandirent rapidement. Six d'entre eux devinrent des poules. Et le septième un coq.

Très vite, les poules se mirent à pondre et le puîné dut construire un grand poulailler pour abriter toutes ses volailles. Il cessa alors d'accompagner son frère à la

chasse pour se consacrer exclusivement à l'élevage des poulets.

L'aîné ignorait tout de cet élevage. Et il était surpris que son
frère pût l'inviter à dîner chaque
fois qu'il rentrait bredouille de la
chasse. Un soir, n'y tenant plus, il
décida de le questionner.

– Comment te procures-tu tout ce
que tu m'offres à manger ? demanda-t-il.

Le puîné sourit et garda le silence.

– Tu ne veux pas répondre ? reprit
son frère.

– Si ! dit le puîné. Mais, avant, je
souhaiterais te poser à mon tour
une question.

– Je t'écoute.

– Il y a quelques mois, nous avons
trouvé des œufs. Qu'as-tu fait des
tiens ?

– Je les ai mangés ! s'exclama l'aîné.

– Tu les a mangés ! Mais moi, j'ai su garder les miens. Et grâce à mes sept œufs, je possède aujourd'hui un poulailler. Quelques petits sacrifices sont parfois nécessaires pour préparer l'avenir.

– Tu as raison, dit l'aîné.

Il abandonna à son tour la chasse pour travailler avec son frère. Et tous deux s'enrichirent rapidement.

12. Le chasseur et le roi

Un chasseur avait une femme qui ne l'aimait guère. Un jour où il rentrait chez lui en longeant le fleuve, il aperçut un rat. Comme il était bredouille, il décida de le poursuivre. Il eut vite fait de l'attraper.

– Epargne-moi, supplia le rongeur. Tu verras que tu n'auras pas à le regretter.

Et le chasseur l'emporta sans le tuer.

Un peu plus loin, il trouva une tortue.

— Ne me tue pas, dit-elle, car je peux te rendre de grands services.

Et l'homme l'emporta sans la tuer.

Il prit ensuite une tourterelle.

— Laisse-moi la vie sauve, dit l'oiseau, et je te révélerai le secret de certaines plantes.

Et le chasseur l'emporta sans la tuer.

Il arriva chez lui au crépuscule. Il entra dans sa case, bien décidé à en savoir plus sur les promesses faites par les animaux qu'il rapportait.

— Je vous ai laissés en vie, leur dit-il. Que m'offrez-vous en échange ?

— Je te montrerai comment t'introduire dans la maison de ton choix, sans que nul ne te voie, déclara le rat.

— Je transporterai sur ma carapace toutes les charges que tu voudras, poursuivit la tortue.

— Quant à moi, dit la tourterelle, je te donnerai plusieurs plantes qui guérissent les piqûres de scorpion ou de serpent.

La nuit même, le chasseur décida de s'introduire dans le palais du roi. Grâce au rat, il y parvint sans aucune difficulté. Il prit une grosse partie du trésor royal qu'il chargea sur la carapace de la tortue. Et celle-ci transporta tout jusqu'à sa case.

Le lendemain, le chasseur organisa une grande fête à laquelle il convia tous les habitants de son village. Comme sa femme insistait pour savoir d'où provenait cette

soudaine richesse, il finit par lui en révéler l'origine. Elle informa le roi. Celui-ci envoya immédiatement ses soldats pour arrêter le chasseur qui fut roué de coups et jeté en prison.

Or, quelques jours plus tard, un scorpion piqua une des femmes du roi. Elle eut une forte fièvre contre laquelle les remèdes des médecins et des guérisseurs se révélèrent impuissants. Lorsqu'il apprit la nouvelle, le chasseur déclara à ses geôliers qu'il possédait le moyen de la guérir. Il fut conduit devant le roi. Bien qu'il doutât des talents du chasseur en matière de médecine, celui-ci décida de l'interroger.

— Connais-tu vraiment un remède qui guérisse les piqûres de scorpion ? demanda le souverain.

— Oui, répondit le chasseur.

— Quel est ce remède ?

– Pour le préparer, j'ai besoin de la cervelle d'une dénonciatrice.

Les soldats du roi allèrent chercher la femme du chasseur qui fut rapidement décapitée. Le chasseur demanda ensuite à s'isoler pour préparer le remède. Dès qu'il fut seul, il appela la tourterelle.

– J'ai besoin des plantes que tu m'as promises, lui dit-il.

– Oui, répondit l'oiseau.

La tourterelle vola à tire-d'aile et rapporta rapidement plusieurs plantes. Le chasseur fit bouillir de l'eau, y jeta les plantes et laissa infuser quelques minutes.

La femme du roi but la décoction et elle fut guérie. Le souverain intégra alors le chasseur à l'équipe des médecins du palais.

La légende dit que, dans ce royaume, nul ne revint jamais dénoncer au roi qui que ce fût.

13. L'oiseleur

Un adolescent se passionnait pour les oiseaux. Grâce aux pièges qu'il fabriquait et posait, il avait capturé toutes les espèces d'oiseaux existant dans le pays, à l'exception de la tourterelle. Il avait beau inventer de nouveaux pièges, la tourterelle parvenait toujours à les éviter.

Il décida un jour d'utiliser de la glu. Il en recouvrit les branches d'un arbre où l'oiseau avait coutume de se poser après s'être désaltéré dans le fleuve. La tourterelle ne se méfia pas et se fit prendre. Le garçon grimpa dans l'arbre et saisit avec satisfaction l'oiseau qu'il poursuivait depuis si longtemps.

— Tu t'es montré habile, lui dit la tourterelle.

— Oui, dit l'adolescent en resserrant son étreinte.

— Ne me tue pas ! implore l'oiseau. En échange, je ferai ton bonheur.

— Comment t'y prendras-tu ?

— Je te donnerai cent vaches.

— Je n'aime ni le lait ni la viande, déclara le garçon. Par contre, j'apprécie beaucoup la chair des oiseaux.

— Laisse-moi en vie et je ferai de toi un homme riche, dit la tourterelle.

L'adolescent accepta sa proposi-

tion et l'oiseau pondit un œuf.
— Casse cet œuf, dit la tourterelle.
A l'intérieur, tu trouveras une bague. Passe-la à ton doigt. Chaque
fois que tu désireras quelque chose,
regarde-la en formulant tout haut
ton souhait. Tu obtiendras ainsi
tout ce que tu voudras.
— Je vais essayer, dit le garçon. Si
tu m'as menti, je serai sans pitié
pour toi.

Il cassa l'œuf, passa la bague à l'un de ses doigts et demanda de quoi manger. Aussitôt apparurent dix calebasses pleines de nourriture. L'adolescent fut émerveillé. La tourterelle ne l'avait pas trompé. Il réalisa soudain qu'il possédait, grâce à elle, le plus merveilleux des bijoux. Mais il voulut vérifier une seconde fois le pouvoir de la bague.

— Que mes parents viennent partager ce repas ! dit-il nerveusement.

A l'instant même, son père et sa mère se trouvèrent à ses côtés. Il relâcha alors la tourterelle en la remerciant.

Après avoir déjeuné, il retourna dans son village avec les siens. En chemin, les parents déclarèrent qu'ils étaient fatigués.' Leur fils regarda sa bague et dit :

– J'ai besoin de trois chevaux.

Aussitôt apparurent trois splen-
dides montures richement arna-
chées qui leur permirent de rentrer
rapidement chez eux. Une fois arrivé, le garçon souhaita posséder la
plus belle demeure du village. Une
case d'incomparable beauté sortit
de terre et il s'y installa. Le lendemain, sa bague lui procura un
grand troupeau de bétail. Il devint
ainsi rapidement l'homme le plus
riche de son village. Et il vécut
tranquillement durant plusieurs
années.

Mais des gens jaloux allèrent
raconter au roi qu'un oiseleur possédait une bague merveilleuse. Le
souverain décida de la lui prendre.
Pour cela il se rendit chez l'oiseleur
à la tête de ses soldats. Lorsqu'il les
aperçut, celui-ci demanda à sa

bague de lui fournir de quoi se défendre. Plusieurs milliers de soldats apparurent, qui ne tardèrent pas à décimer l'armée du roi.

Comme il n'avait pu s'emparer de la bague par la force, le roi voulut se l'approprier par la ruse. Il avait une fille que tout le monde trouvait fort belle.

— J'ai une mission à te confier, lui dit-il. Je connais un oiseleur possédant une bague qui le rend plus puissant que moi. Je voudrais que tu l'épouses afin de t'emparer de sa bague.

Le roi envoya donc sa fille chez l'oiseleur, en le priant de la prendre pour épouse. Celui-ci fut charmé par la beauté de la princesse et il l'épousa.

— Me feras-tu quelques présents ? demanda la princesse après le mariage.

– Oui, répondit le mari, je te donnerai cent captives.

– J'en possédais plus du double chez mon père, déclara-t-elle.

– Je t'offrirai aussi des bracelets et des colliers en or et en ivoire.

– J'en ai déjà beaucoup.

– Que souhaites-tu donc ?

– Je n'ai aucune bague, dit la princesse.

– Je t'en offrirai autant que tu voudras.

– Je veux celle que tu portes à ton doigt.

– C'est impossible, dit le mari.

– Puisque tu refuses, laisse-moi retourner chez mon père, dit la princesse en éclatant en sanglots.

L'oiseleur fit tout ce qu'il put pour la consoler. Mais en vain. Elle n'accepta de se calmer que lorsqu'il lui eut remis la bague.

– Comment fait-on pour s'en servir ? demanda-t-elle en souriant.

– Il suffit de formuler ton souhait à
haute voix pour qu'il soit immédiatement exaucé.

– Bague, dit alors la princesse,
ramène-moi chez mon père.

Aussitôt, elle se retrouva près du
roi. Et tous les biens que son mari
avait obtenus grâce à la bague
merveilleuse disparurent.

Cela surprit beaucoup les parents de l'oiseleur.

– Que se passe-t-il ? demandèrent-
ils avec inquiétude à leur fils.

– Ma femme s'est enfuie avec ma
bague, répondit-il tristement.

– Il faut trouver un moyen pour la
récupérer, déclara le père.

– Comment ? se lamenta le fils.

Les deux hommes réfléchirent

durant une semaine sans trouver la moindre solution. L'oiseleur était désespéré. Or, un matin où il posait des pièges, son chien lui déclara soudain qu'il pensait pouvoir lui rapporter la bague. L'oiseleur reprit espoir.

Le chien alla voir le chat.

— La bague de mon maître se trouve chez la fille du roi, lui dit-il. Si tu ne me la rapportes pas dès demain, j'exterminerai toute la gent féline.

Le chat se rendit chez le rat et lui dit :

— Tu as l'habitude de t'introduire chez tout le monde pour subtiliser ce qui te plaît. Tu vas aller chez la fille du roi et lui prendre la bague qu'elle porte au doigt. Si tu ne me la rapportes pas avant demain matin, je te dévorerai ainsi que tous ceux de ta race.

Vers minuit, trois rats se rendirent chez la princesse et pénétrèrent en silence dans sa chambre. Elle dormait. L'un des rats lui chatouilla la plante des pieds pour voir si elle avait le sommeil profond. Elle ne réagit pas. Alors les deux autres rats lui ôtèrent la bague. Ils la portèrent ensuite au chat qui la remit au chien. Et celui-ci la rendit à son maître.

L'oiseleur redevint rapidement très riche. Comme il craignait

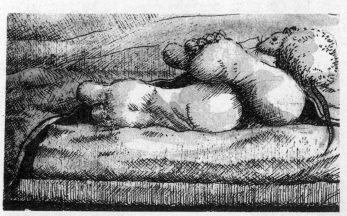

qu'on ne lui subtilisât à nouveau sa bague, il la regarda en disant :

— Emmène-moi avec les miens loin de tous ceux qui pourraient m'attaquer.

C'est ainsi qu'il se retrouva avec sa famille sur une montagne inaccessible où ils vécurent heureux.

14. Les sots

Trois garçons étaient si sots qu'ils étaient constamment la risée de tout le village. Comme tout le monde les rejetait, ils se promenaient toujours ensemble.

Un matin, ils découvrirent un manguier couvert de fruits. Ils grimpèrent sur l'arbre, se gavèrent de mangues et en emportèrent quelques-unes avec eux.

Ils décidèrent ensuite d'aller dans la brousse. Chemin faisant, ils aperçurent quelques bandits qui approchaient. Chacun des trois sots se cacha rapidement. Le premier enfouit son visage entre ses mains et s'assit au bord du chemin. Le second s'allongea dans un fossé. Et le troisième se dissimula derrière de hautes herbes.

Seul le premier sot était visible. Les bandits se jetèrent sur lui et le malmenèrent. Effrayé, le second sot ne put s'empêcher de crier :
– Epargnez-moi, je vous en prie !

Les bandits l'attrapèrent et le malmenèrent à son tour. Puis ils fouillèrent les deux garçons pour les détrousser. Ils ne trouvèrent sur eux que quelques mangues qui avaient été écrasées au cours de la bagarre. Furieux, les bandits les assommèrent tous les deux.
– Où ont-ils pu trouver des man-

gues ? s'interrogèrent alors les bandits.

— Non loin d'ici, répondit le troisième sot qui était très bavard, se
trouve un magnifique manguier.

Dès qu'ils l'entendirent, les bandits se ruèrent sur lui. Et il subit le
même sort que ses deux cama-
rades.

Lequel des trois est le plus sot ?

15. Les animaux reconnaissants

Un jour, une colonie de singes entra dans un champ appartenant à un jeune paysan. Celui-ci arriva au moment où les animaux commençaient à déraciner les plants d'arachides et à en manger les graines.

Le paysan portait un fusil. Il épaula, décidé à tuer les singes avant qu'ils aient entièrement dévasté son champ. Puis il se ravisa et s'abstint de tirer.

– Ces animaux, dit-il, appartiennent à Dieu et ils ne mangeraient pas mes arachides s'ils n'avaient pas faim !

Le paysan laissa la vie sauve aux singes et rentra chez lui.

La nuit suivante, les fourmis s'attaquèrent au mil qu'il gardait en réserve dans un sac. Et elles en emportèrent tout le contenu. Lorsqu'il s'en aperçut, le paysan prit de la paille et alla la disposer sur la fourmilière afin d'y mettre le feu. Mais il finit par renoncer à son projet.

– Ces insectes appartiennent à Dieu, dit-il, et ils n'auraient pas emporté mon mil s'ils n'avaient pas eu faim !

Le paysan ne brûla pas les fourmis.

Quelques jours après, il se trouvait près du fleuve, lorsqu'il entendit mugir une de ses vaches. La malheureuse venait d'être attaquée par un crocodile, alors qu'elle s'abreuvait. Le paysan prit son fusil et s'approcha pour tuer le crocodile. Mais il ne tira pas.

– Cet animal appartient à Dieu, dit-il, et il ne mangerait pas ma vache s'il n'avait pas faim !

Le paysan ne tua pas le crocodile.

Une semaine après, il entendit du bruit dans son poulailler. Il sortit et aperçut un serpent qui venait d'avaler un de ses poussins. Il prit un bâton et s'approcha pour le tuer. Mais il y renonça.

– Cet animal appartient à Dieu, dit-il, et il n'aurait pas avalé un de mes poussins s'il n'avait pas eu faim !

Le paysan laissa donc le serpent en vie.

Or, cet homme avait un ennemi qui était très lié au roi. Un matin, décidé à se venger, ce dernier se rendit au palais royal. Il se plaignit du paysan et inventa plusieurs histoires qu'il conta longuement au souverain. Il mentait avec un tel aplomb et se posait si bien en victime que le souverain fut bientôt convaincu de la culpabilité du paysan.

Le roi convoqua alors le paysan et le condamna à quatre épreuves. La première consistait à cueillir tous les fruits d'un immense baobab qui se trouvait devant le palais royal. La deuxième à séparer des grains de mil de grains de sable. Le paysan devait ensuite retrouver une bague qu'une des femmes du

roi avait perdue en se baignant dans le fleuve. Pour réussir la dernière épreuve, il lui fallait tuer un buffle en le regardant fixement.
— Je te donne une journée pour chaque épreuve, déclara le souverain. Si tu ne réussis pas chacune d'elles, tu seras condamné à mort.

Le malheureux paysan n'avait pas le choix. Il s'approcha du baobab. Mais il lui fut impossible d'y grimper tant l'arbre était grand.
— Les branches de ce baobab sont inaccessibles, protesta-t-il.
— Tu dois cueillir tous les fruits de cet arbre, si tu ne veux pas mourir, dit le roi avec fermeté. Tu as jusqu'à demain.

Plutôt que de tenter l'impossible, le paysan préféra se rendre une dernière fois dans son champ, car il était persuadé qu'il ne lui restait que peu de temps à vivre. En chemin, il rencontra le plus vieux des singes qui avaient dévasté son champ.

— Pourquoi es-tu aussi triste ? lui demanda l'animal en le dévisageant.

— Un ignoble individu, qui est l'ami du roi, a décidé ma perte, répondit l'homme avant de raconter ce qui lui arrivait.

— Calme-toi, dit le singe. Je n'ai pas oublié le jour où tu nous as laissé la vie sauve alors que nous venions de saccager ton champ. Aussi allons-nous t'aider.

Le lendemain, avant le lever du soleil, les singes grimpèrent dans le baobab et cueillirent tous les fruits qu'il portait. C'est grâce à eux que

le paysan put réussir la première épreuve. Mais il n'était pas tiré d'affaire pour autant. Restaient trois épreuves.

Le matin du deuxième jour, l'ennemi du paysan fut chargé de préparer trois grandes calebasses de mil qu'il mélangea à trois grandes calebasses de sable. Le paysan devait trier le mélange avant le lendemain. Il n'avait aucune chance de réussir, car le temps qui lui était accordé était trop court. Aussi sanglotait-il tristement. C'est alors que la reine des fourmis l'entendit.

— Pourquoi pleures-tu ainsi ? questionna-t-elle.

— Il m'est arrivé malheur, répondit le paysan avant de lui raconter sa mésaventure.

— Ne t'inquiète pas, dit la fourmi. Je n'ai pas oublié le jour où tu as renoncé à brûler ma fourmilière bien que nous eussions volé ton mil. Je vais t'aider.

Sous la direction de leur reine, les fourmis se mirent rapidement à l'ouvrage et travaillèrent sans arrêt tout l'après-midi et toute la nuit. Au petit jour, elles avaient séparé les grains de mil des grains de sable. Grâce à elles, le paysan

réussit la deuxième épreuve.

Le troisième jour, il devait retrouver une bague dans le fleuve. Comment y parvenir alors qu'il ne savait même pas nager ? Il s'était assis sur une pierre et regardait couler le fleuve en songeant à l'injustice dont il était victime. Totalement désemparé, il ne put contenir ses larmes. Mais soudain, un crocodile s'approcha de la rive où il se trouvait.

— Je vois que tu es triste, lui dit le crocodile.

— Oui, répondit l'homme. Je dois retrouver une bague qu'une des femmes du roi a perdue dans le fleuve. Si je n'y parviens pas, je mourrai.

– Tu n'as aucun souci à te faire, déclara le crocodile, car je n'ai pas oublié le jour où tu t'es abstenu de tirer sur moi alors que je dévorais une de tes vaches. Je t'aiderai donc.

Il plongea aussitôt et revint rapidement avec la bague qu'il déposa sur le sable de la berge. Le paysan la ramassa et la passa à un de ses doigts. Grâce au crocodile, il venait de réussir la troisième épreuve.

Le quatrième jour, un énorme buffle fut attaché à un piquet

devant le palais royal. Le paysan évita de s'en approcher, car il savait qu'il était impossible de tuer le moindre animal en se contentant de le regarder fixement.

Il alla se promener dans la brousse, fermement persuadé qu'il ne lui restait pas longtemps à vivre. En revoyant les lieux où il avait passé toute sa jeunesse, il se mit à nouveau à pleurer.

— Que t'arrive-t-il ? lui demanda un serpent.
— Le roi m'a imposé de tuer un buffle en le regardant, répondit le paysan. Si l'animal ne meurt pas, c'est moi qu'il tuera.
— Je n'ai pas oublié le jour où tu m'as épargné alors que je venais d'avaler un de tes poussins, dit le serpent. Je suis le seul à pouvoir

t'aider. Emmène-moi à l'endroit où se trouve le buffle que tu dois tuer. Tu le regarderas fixement pendant que je le piquerai.

– Très bien, dit le paysan en retrouvant son sourire.

Dès qu'ils furent arrivés devant le palais royal, le serpent se dissimula dans l'herbe qui se trouvait près du buffle. Puis le paysan appela le roi.

– Je suis prêt pour l'épreuve, déclara-t-il.

Le souverain s'approcha. Il était accompagné de l'ennemi du paysan.

– Vas-y ! dit le roi.

Le paysan se mit à fixer le buffle qui broutait tranquillement. mais rien ne se passa.

– Il n'y arrive pas ! s'exclama avec

satisfaction l'ennemi du paysan.
— Essaye encore, reprit le roi sur
un ton ironique.

Le buffle broutait toujours et
s'approchait lentement du serpent
qui était immobile. Le paysan fixa
à nouveau l'animal. Soudain, le
serpent le piqua au museau. Le
buffle ne tarda pas à chanceler sur
ses pattes. Et il tomba lourdement
dans l'herbe. Le souverain en resta
muet d'admiration.
— Comment est-ce possible ? gro-
gna avec colère l'ennemi du paysan.

Il bondit sans attendre vers le

buffle pour voir s'il était vraiment mort. Dans sa précipitation, il marcha sur le serpent qui le piqua au pied. Et il mourut à son tour.

Persuadé que le paysan possédait le pouvoir de faire mourir les hommes et les animaux grâce à son seul regard, le roi se mit à trembler d'inquiétude.

— Epargne-moi, supplia-t-il.

Le paysan se contenta alors de sourire. Il retourna ensuite dans sa case en songeant que, sans l'aide de quelques animaux reconnaissants, il ne serait plus de ce monde.

Il vécut heureux et nul homme n'osa jamais plus s'en prendre à lui.

16. Les poltrons

Deux hommes étaient si peureux qu'on avait fini par les chasser de leur village. Ils s'étaient alors installés ensemble dans une case qu'ils avaient construite en pleine brousse. Ils avaient aussi défriché un grand terrain qu'ils cultivaient pour se nourrir.

Un jour, ils eurent besoin de changer les manches de leurs outils. Ils partirent donc à la recherche d'un grand arbre. Ils mar-

chèrent longtemps avant d'en trouver un qui leur convînt.

– Les racines de cet arbre nous
fourniront ce que nous cherchons,
dit enfin l'un des deux hommes à
son camarade. Tu vas monter dans
l'arbre et surveiller les alentours
pendant que je creuserai. Si tu
aperçois le moindre danger, fais-
moi signe.
– Oui, répondit l'autre. Si de ton
côté tu vois quelque chose, pré-
viens-moi vite.

Le guetteur grimpa dans l'arbre
et celui qui devait creuser se mit à
l'ouvrage. Au bout d'un moment, il
vit plusieurs racines. Elles étaient
si longues et si droites qu'il s'écria :
– Oh ! En voici plusieurs !
En l'entendant, le guetteur crut à
un danger. Il sauta de l'arbre et

prit ses jambes à son cou. Lorsqu'il le vit s'enfuir, son camarade abandonna sa pioche et le suivit. Tous deux coururent comme des forcenés et ne s'arrêtèrent qu'après avoir parcouru plusieurs kilomètres.

— Qu'as-tu donc aperçu ? demanda alors le guetteur à son camarade.

— Rien, répondit l'autre. Je n'ai pris la fuite qu'après t'avoir vu sauter de l'arbre.

— C'est bien toi qui as donné l'alerte ! insista le guetteur. Je t'ai entendu crier.

— Je n'ai poussé qu'un cri de joie au moment où j'ai trouvé plusieurs racines comme celles que nous cherchions.

— C'est justement ce cri qui m'a effrayé, dit le guetteur.

— Quant à moi, reprit l'autre, j'ai

cru à un réel danger lorsque je t'ai vu prendre la fuite. Et je t'ai suivi.

Quel est le plus peureux des deux ?

17. Les deux malins

Un homme, que l'on disait fort malin, prit un panier et le remplit de vieux papiers. Puis il déposa par-dessus du sel en barre. Il disposa si bien sa marchandise que le panier donnait l'impression d'être rempli de sel.

Un autre homme, non moins malin, eut la même idée. Mais à la place du sel, il mit des tissus colorés. Son panier donnait ainsi l'illusion d'être plein de tissus.

Les deux hommes, qui avaient quitté leurs villages respectifs pour tenter de vendre leurs marchandises, se croisèrent un jour sur une route. Ils se saluèrent et s'arrêtèrent pour discuter un moment.

Lorsqu'il eut aperçu les tissus qui dépassaient du panier du second marchand, le premier lui dit :
— Dans mon village, les femmes sortent sans pagnes, car elles ne trouvent plus de tissus à acheter.
Cela fit rire aux éclats le second marchand qui crut avoir trouvé l'occasion de réaliser une affaire.
— C'est de sel que nous manquons dans mon village, répondit-il. Aussi mangeons-nous de la nourriture très fade.
Le premier marchand éclata de rire à son tour. Lui aussi pensait pouvoir faire une bonne affaire.

Alors les deux hommes se proposèrent d'échanger leurs marchandises. Chacun d'eux accepta avec d'autant plus d'empressement qu'il savait son propre panier vide. Après l'échange, les deux marchands se séparèrent rapidement et regagnèrent leurs villages respectifs.

Sitôt rentrés, ils vérifièrent ce que contenaient leurs paniers. Et chacun d'eux s'écria :
— Je me suis fait rouler !

18. Les trois frères et le vieillard

Il était une fois trois frères dont l'aîné venait de se marier. Au bout de trois mois, il disparut mystérieusement.

Le deuxième frère épousa alors sa belle-sœur. Il vécut auprès d'elle durant trois ans et il disparut lui aussi subitement.

La veuve était belle. Aussi le troisième frère décida-t-il de l'épouser à son tour, malgré l'avis défavorable de ses parents qui tenaient leur belle-fille pour responsable de la mort de ses deux premiers maris.

Le troisième frère prit donc la route pour rejoindre le village où habitait sa belle-sœur. En chemin, il rencontra un vieillard en guenilles qui transportait péniblement un énorme fagot. Ce vieil homme était le père de sa belle-sœur. Il s'était déguisé en mendiant afin que nul ne le reconnût.

— Veux-tu que je t'aide à transporter ton bois ? demanda le jeune homme qui avait bon cœur.

— Non, répondit le vieillard.

— Je tiens à t'aider, dit le jeune homme, car tu es beaucoup trop âgé pour porter une charge aussi lourde.

Il prit le fagot. Et les deux hommes cheminèrent côte à côte.

– Où vas-tu ? demanda soudain le vieillard.

– Jusqu'au prochain village où je compte me marier, répondit le jeune homme.

– Te marier ?

– Oui, avec une femme qui fut successivement l'épouse de mes deux frères. Comme ils ont disparu, j'ai décidé de l'épouser à mon tour.

– Sais-tu dans quelles circonstances tes frères ont disparu ? interrogea alors le vieillard.

– Non ! Je n'en ai pas la moindre idée !

– Souhaites-tu connaître les raisons de leur disparition ?

– Oui ! s'exclama le jeune homme.

– Ton frère aîné longeait un jour un de mes champs, alors que j'étais en train de labourer. Soudain, j'eus une difficulté avec mon attelage. Je

l'appelai. Il me regarda et tourna ostensiblement la tête. J'eus beau crier, il ne prêta aucune attention à mes appels. L'attitude de ton frère me surprit vraiment, car je ne lui avais fait jusque-là que du bien. Un homme ne doit-il pas aide et assistance à son prochain ? D'autant plus quand celui-ci est son beau-père. Après cet incident, je voulus en savoir plus sur ton frère aîné. Je m'arrangeai pour le mettre encore à l'épreuve à deux reprises. Il ne manifesta à mon égard qu'indifférence et mépris. Aussi décidai-je de l'éloigner de ma fille. Et je le transformai en crapaud. Il eut tellement honte de sa nouvelle apparence qu'on ne le revit jamais. Ton second frère me sembla plus intéressant que l'autre. Mais je finis par m'apercevoir qu'il n'était pas vraiment différent de l'aîné. Je le mis lui aussi à l'épreuve. Il ne valait pas mieux ! Je le transformai alors en fourmi. Lorsque j'appris que tu allais à ton tour épouser ma fille, j'éprouvai une certaine crainte. Et je décidai de te mettre à l'épreuve avant le mariage. C'est la raison pour laquelle je me trouvai sur ton chemin, vêtu de loques et le dos courbé sous une énorme charge. Tu as eu pitié en me voyant et tu n'as pas hésité à m'aider. J'en déduis que tu es bon et serviable. Je vais donc te laisser épouser ma fille et vivre tranquillement avec elle. Après la noce, je vous donnerai une grosse partie de ma fortune, car on n'a plus besoin de grand-chose à mon âge.

Le jeune homme épousa sa belle-sœur et tous deux vécurent heureux.

19. Les quatre orphelins

Une petite fille et ses trois frères vivaient seuls depuis la mort de leurs parents. Suivant les saisons, les garçons chassaient, pêchaient ou cultivaient les champs que leur avait laissés leur père. La petite fille nettoyait la case et cuisinait la nourriture ramenée par ses frères.

Un jour où les trois garçons étaient partis pêcher au bord du fleuve, un aigle immense fondit sur

la petite fille, la saisit entre ses
serres et l'emporta. Après l'avoir
déposée dans son nid qui se trouvait au sommet d'une montagne
escarpée, le rapace lui dit :
– Je souhaite t'épouser. Je ne te
ferai aucun mal si tu acceptes de
devenir ma femme. Réfléchis à ma
proposition. Tu me donneras ta

réponse lorsque je serai rentré de la chasse.

Et il s'envola. La petite fille se mit alors à pleurer en songeant à son triste sort.

Durant ce temps, les trois garçons étaient rentrés de la pêche. Ils appelèrent leur sœur pour lui montrer les gros poissons qu'ils rapportaient. Comme elle ne répondait pas, ils pénétrèrent dans la case. Surpris de ne pas l'y trouver, ils pensèrent qu'elle était allée chercher de l'eau. Et ils l'attendirent.

Voyant qu'elle tardait à revenir, ils interrogèrent quelques femmes qui rentraient avec leurs jarres. Mais aucune n'avait vu la petite fille. Les trois frères commencèrent alors à s'inquiéter.

— Je vais attendre ici pendant que vous ferez des recherches aux alentours du village, dit l'aîné des garçons.

— Oui, approuvèrent les deux autres.

Dès qu'ils furent partis, l'aîné s'allongea et s'endormit. Puis il se mit à rêver. Il était dans une pirogue et remontait le fleuve avec ses frères. Il aperçut soudain une montagne au sommet de laquelle se trouvait un nid d'aigle. Dans ce nid sanglotait sa jeune sœur. Il s'apprêtait à l'appeler pour la rassurer lorsqu'il fut réveillé par ses frères qui revenaient.

— Avez-vous trouvé un indice ? demanda-t-il.

— Pas le moindre, répondirent les deux autres.

— Pendant que vous effectuiez vos recherches, reprit l'aîné, j'ai fait un rêve.

Et il leur raconta ce qu'il avait vu.

– Prenons la pirogue de notre père et allons délivrer notre petite sœur, s'écria le second frère.

– J'emporte un fusil pour supprimer cet aigle, ajouta le troisième garçon.

Ils mirent rapidement la pirogue à l'eau et ramèrent avec force pour remonter le fleuve. Arrivé au pied de la montagne, le second frère grimpa jusqu'au nid du rapace et il aida sa sœur à redescendre.

Lorsque l'aigle rentra de la chasse, il vit que la petite fille avait disparu. Furieux, il partit aussitôt à sa recherche. En survolant le fleuve, il l'aperçut dans la pirogue avec ses deux frères. Il fondit sur eux pour les faire chavirer, mais le troisième garçon eut le temps de

tirer avec son fusil et de l'abattre.

Les trois frères récupérèrent la dépouille du rapace qu'ils chargèrent dans la pirogue. Ils la ramenèrent au village et tous les villageois vinrent l'admirer.

Le lendemain, une des voisines des trois garçons prépara un bon repas et les invita à déjeuner.
– Il faut fêter votre exploit, leur dit-elle.

Les trois garçons en convinrent et acceptèrent son invitation. Ils se rendirent donc chez elle en compagnie de leur jeune sœur. Et tout le monde se régala. Lorsque la voisine eut servi le dessert, qui paraissait succulent, l'aîné des frères déclara :
– Moi seul ai droit à ce dessert, car sans mon rêve nous n'aurions pas pu retrouver notre sœur.

– Tu oublies que c'est moi qui ai escaladé la montagne et ramené notre sœur, répliqua le deuxième frère. Je mangerai donc seul ce dessert.

– Pas du tout ! déclara le troisième. Si je n'avais pas tué l'aigle, nous ne serions plus de ce monde. C'est moi, et moi seul, qui mangerai ce dessert.

Il tendit alors le bras vers le plat. Mais il était vide. Pendant que les trois garçons se disputaient, leur sœur avait tout avalé.

20. La petite fille sauvée par les animaux

Un jour, une petite fille disparut mystérieusement. Sa mère eut beau la chercher, elle ne parvint pas à la retrouver. La disparition de sa fille l'attrista tant qu'elle pleurait sans arrêt jour et nuit.

Or, cette femme était l'amie des animaux.

— Pourquoi es-tu aussi triste ? lui demanda le chat.

— Ma fille unique a disparu, répondit-elle en sanglotant.

— Je vais faire de mon mieux pour la retrouver, déclara le chat.

Il partit sans tarder à la recherche de l'enfant. Il fouilla toutes les cases du village. Comme il ne trouvait rien, il alla voir le chien.
— La fille de ma maîtresse a disparu, lui dit-il. Acceptes-tu de m'aider à la retrouver ?
— Oui, dit le chien.
Et il se rendit dans tous les villages des environs. Mais il revint bredouille.

Le chat alla ensuite chez le bélier.
— Toi qui connais tous les champs qui entourent notre village, lui dit-il, regarde si la fille de ma maîtresse ne se trouve pas dans l'un d'eux.
Le bélier chercha en vain toute la

journée. Le lendemain, le chat parla au bœuf qui fit lui aussi de longues recherches dans la brousse.

— Je n'ai pas retrouvé la fille de ta maîtresse, dit-il avec regret lorsqu'il fut de retour.

Le chat interpella enfin l'aigle.

— Tu sais tout ce qui se passe dans le ciel, lui dit-il. Regarde si la fille de ma maîtresse ne s'y trouve pas.

L'aigle s'envola, tournoya dans les airs et monta si haut qu'il fut bientôt caché par les nuages. C'est alors qu'il aperçut la petite fille qui était prisonnière d'un génie. Lorsqu'il redescendit, il trouva les autres animaux qui s'étaient réunis pour l'attendre.

— L'as-tu retrouvée ? interrogèrent-ils.

— Oui, répondit l'aigle. Mais je n'ai

pu la ramener car un génie la retient prisonnière.

— Qu'allons-nous faire ? demanda le chat.

— J'ai rencontré un oiseau qui m'a donné une information, déclara l'aigle.

— Parle ! s'exclamèrent les autres animaux.

— Voilà ! reprit l'aigle. Pour délivrer la petite fille, il faut tuer le génie. Mais la vie du génie se trouve au fond du fleuve. Au fond du fleuve, il y a un rocher. Dans ce rocher, une antilope. A l'intérieur de cette antilope, une tourterelle. Le ventre de cette tourterelle contient un œuf. Pour supprimer le génie, il nous faut cet œuf.

Les animaux gardèrent le silence quelques instants. Puis le chat s'adressa au bœuf.

— Parmi nous, tu es celui qui boit

le plus, lui dit-il. Tu peux donc
assécher le fleuve.

— Je vais essayer, répondit le bœuf.

Et il but tout le fleuve. Dans le lit
à sec, le chat aperçut un rocher.

— Tes coups de cornes sont redou-
tables, dit le chat au bélier.

— C'est ce que j'ai toujours entendu
dire, répondit modestement celui-
ci.

Il fonça tête baissée sur le rocher
et le fendit du premier coup. Une
antilope en sortit et prit rapidement la fuite.

— A toi de jouer, cria le chat à
l'adresse du chien.

Le chien poursuivit l'antilope,
réussit à la rattraper et à la tuer.
Les autres animaux la dépouillè-
rent. Et une tourterelle en sortit,
qui s'envola.

— Toi seul possèdes des ailes,
constata le chat en regardant

l'aigle. Ne la laisse pas s'échapper.

L'aigle prit son envol et fondit sur la tourterelle qu'il rapporta. Celle-ci ne tarda pas à pondre un œuf et put ainsi avoir la vie sauve.

L'aigle saisit délicatement l'œuf entre ses serres et monta très haut dans le ciel. Lorsqu'il aperçut le génie, il lui lança l'œuf sur la tête. Et le génie mourut.

Sans attendre, l'aigle récupéra la petite fille et la ramena sur terre. Elle fut très heureuse de retrouver sa mère, qui remercia longuement les animaux.

Table des matières

Castor Poche,
plus de 110 titres, des heures
de lectures captivantes.

CASTOR Poche s'adresse aux jeunes lecteurs qui découvrent le plaisir de choisir eux-mêmes leurs livres.

Avec Castor Poche, la lecture devient un passe-temps privilégié, une source de plaisir. La collection propose, en effet, un vaste choix de romans écrits par d'excellents auteurs du monde entier, illustrés avec talent par des artistes aux styles très divers.

Castor Poche s'adresse à des lecteurs d'âges différents. C'est pourquoi, au dos de chaque livre, un texte présente le contenu du récit : chacun peut choisir en fonction de sa personnalité, de ses goûts.

La mention "senior" signale les livres aux textes plus denses, aux thèmes plus complexes, destinés à des lecteurs confirmés.

Castor Poche, des livres de poche qui sont, avant tout, de bonnes lectures.

— des livres qui prennent le jeune lecteur au sérieux, qui restent très près de lui, de tout ce qui fait sa vie avec ses joies, ses enthousiasmes, ses curiosités, ses préoccupations, ses passions...

— des livres à la typographie soignée, étudiée pour offrir la meilleure lisibilité.

— des livres d'une grande variété de ton où se mêlent humour, gravité, émotion et poésie.

— des livres où l'auteur noue avec son lecteur une complicité qui se renforce au fil des pages.

— Castor Poche, de vrais romans pour les jeunes.

Castor Poche

48 Le rouquin
de Lartigue — *FP 1757*

**Texte : Michel-Aimé Baudouy,
ill. : Vincent Rio**
Volume triple.

Vers 1830, Pierrou, jeune berger de douze ans, se trouve mêlé aux événements qui opposent les habitants de la montagne ariégeoise à l'Administration des Forêts. Les montagnards utilisent tout un stratagème astucieux pour échapper aux poursuites mais arriveront-ils à récupérer les troupeaux bloqués par les soldats ?

« Un roman bien construit, vivant et attachant. » Livres, Services Jeunesse.

Prix de la Ville de Vénissieux 1981.

49 La révolte
de 10X — *FP 1758*

**Texte : Joan Davenport Carris,
ill. : Marie Gard
traduit de l'américain par R.-M.
Vassallo**
Volume quadruple.

Taylor, treize ans, vient de perdre son père qu'elle adorait. Avec 10X, l'ordinateur qu'ils avaient programmé ensemble, Taylor va perturber les circuits électriques de la nouvelle maison.

C'est sa manière à elle de donner libre cours à son chagrin mué en révolte. Taylor arrivera-t-elle à retrouver son équilibre ?

Sélection Lire

« Ce livre est attachant par les sentiments qu'il évoque, par la sincérité qui s'en dégage, par la simplicité de l'écriture. » Les Livres.

50 Tikta'Liktak — *FP 1759*

**Texte : James Houston, ill. : de l'auteur
traduit de l'américain par M. Coté.**
Volume simple (gros caractères).

Tikta'Liktak, un jeune esquimau, est emporté sur une masse de glace flottante. S'il ne se noie pas, il mourra de faim. Pourtant, avec un peu de chance et beaucoup d'audace, il réussit à atteindre une île rocheuse et désertique. Et le voilà à nouveau condamné à mort. Tikta'Liktak viendra-t-il à bout des éléments et des bêtes sauvages ?

« C'est fort et tonique comme tous les ouvrages du même auteur ». L'École et la Nation.

51 L'Esclave du
batteur d'or — *FP 1754*

**Texte : Henry de Monfreid,
ill. : Guillaume de Monfreid**
Volume triple (senior).

La jeune Amina, vendue par son père à un riche batteur d'or, est déportée comme esclave au Yémen. Faredj, son ami de toujours, décide de la suivre... et c'est pour lui le début d'aventures périlleuses en brousse et en mer... Faredj et Amina arriveront-ils à se rejoindre ?

« Un roman dense et passionnant dans un monde fascinant. » Nord Matin.

OTA OFMAN

la cabane
rouge

castor poche flammarion

52 La cabane rouge *FP 1761*

Texte : Ota Hofman,
ill. : Anatole Mariengof
traduit du tchèque par M. Braud
Volume triple.

Le père de Micha convoite, pour garer la voiture qu'il vient d'acheter, une cabane rouge, à la périphérie de Prague. Mais son propriétaire, le vieux Andrys, ne se laisse pas convaincre facilement. Il entre imperceptiblement dans la famille et c'est pour Micha, dix ans, le début d'une grande amitié avec le vieux retraité qui se souvient du temps révolu.

Diplôme Loisirs Jeunes

« Une histoire tendre, une histoire pleine d'humour, une histoire aux caractères très actuels piqués sur le vif. » Loisirs Jeunes.

53 je dirai tout
à Lilka *FP 1762*

Texte : Henryk Lothamer,
ill. : Yves Beaujard
traduit du polonais par Z. Bobowicz
Volume quadruple.

Dans Varsovie en ruines, la vie reprend peu à peu ses droits, Antolek, dix ans, raconte comment avec sa sœur aînée Lilka et leur petite sœur, ils tentent de se débrouiller sans leurs parents. Au milieu des drames et des responsabilités, Antolek et ses amis réapprennent à jouer et à rire, et découvrent le prix de l'amitié et de la solidarité.

« Un récit-témoignage bouleversant. » Clair Foyer.

54 Ne m'oublie pas
Maoro *FP 1755*

Texte : Eveline Hasler,
ill. : Nathaële Vogel
traduit de l'allemand par M.-C. Midrouillet.
Volume triple (gros caractères).

Maoro habite un petit village de la montagne suisse. La construction d'une route bouleverse la vie des gens du pays. Les parents de Plinio, le meilleur ami de Maoro, vendent leur ferme. Les parents de Maoro, devront-ils, eux aussi, abandonner la terre et aller chercher du travail à la ville ?

55 Nous de Peyrac
en Périgord *FP 1760*

Texte : Thalie de Molènes,
ill. : Gérard Franquin
Volume double (gros caractères).

« Un drapeau rouge claque au vent sur le toit de la Tuilière. C'est le signal : un copain a un problème. » Mélina rejoint les cinq inséparables dans leur repaire. les jumeaux annoncent : « nos parents veulent quitter le pays. » Que faire pour éviter ce départ ? Trouver de l'argent. Mais comment ? Mélina a une idée : s'ils cherchaient le million parachuté durant la guerre et qui n'a jamais été retrouvé ?

« Un roman alerte, mené tambour battant et sans pesanteur. » C.N.D.P. Grenoble.

Sélection 1000 Jeunes Lecteurs

56 Un vol mouvementé
FP 1756

Texte : Joan Phipson, ill. : C. Barat traduit de l'australien par R.-M. Vassallo
Volume triple.

Margaret (13 ans) vit avec son père en Australie. La veille de son départ pour Londres, où elle va rejoindre sa mère, elle assiste à la capture de perruches sauvages et découvre ainsi l'existence d'un trafic d'oiseaux. Encore bouleversée, Margaret remarque dans l'avion l'attitude ambiguë de ses voisins de siège. Seraient-ils, eux aussi, des trafiquants d'oiseaux ?

« L'action est bien menée et le suspense si bien pesé que le lecteur ira sans peine atterrir à Londres pour connaître le dénouement. » Bibliothèque pour Tous.

57 Le livre de Dorrie *FP 1765*

Texte : Marilyn Sachs, ill. : Yves Beaujard traduit de l'américain par R.-M. Vassallo
Volume quadruple.

Si vous aviez onze ans, et des parents merveilleux dont vous soyez l'enfant unique, la naissance prochaine d'un petit frère ou d'une petite sœur ne vous enchanterait peut être pas tellement. Que diriez-vous alors, si, comme Dorrie, vous voyiez arriver des triplés ?

« Irrésistiblement drôle et profond à la fois. » Entre Nous.

Sélection 1000 Jeunes Lecteurs Prix Bernard Versele 1984

58 Tchourk mon chien
FP 1766

Texte : Günter Feustel, ill. : Dieter Müller traduit de l'allemand par Valérie Fabre
Volume triple.

Les liens qui unissent Matis, le jeune Lapon, à Tchourk son chien sont extrêmement forts. Mais Tchourk n'est pas un chien comme les autres. Il est violent, sauvage, et même parfois inquiétant. Est-ce lui qui a tué les bébés rennes retrouvés déchiquetés ? Le doute envahit Matis...

« Des personnages vrais, attachants et que l'on a du mal à quitter en refermant l'ouvrage. » 1.2.3 Lecture.

59 Dix-neuf fables de renard
FP 1767

Texte : Jean Muzi, ill. : Gérard Franquin
Volume double (gros caractères)

Dans ces fables, empruntées à la littérature populaire d'Afrique, d'Asie ou d'Europe, Renard est perfide, fin, rusé et subtil dans ses rapports avec les autres animaux. Il berne presque toujours ses voisins mais il lui arrive parfois d'être pris à son propre piège...

60 Une chatte dans l'île
FP 1768

Texte : John W. Chambers, ill. : Romain Simon traduit de l'américain par R.-M. Vassallo
Volume double.

Jeff et Nancy sont désespérés. C'est leur dernière journée dans l'île de Feu et Fritzi, leur chatte siamoise, reste introuvable. Il leur faut l'abandonner. Fritzi découvre la faim, le froid, la peur. C'est une rude épreuve pour une chatte domestique qui a toujours vécu une existence insouciante et choyée. Fritzi résistera-t-elle au long hiver ?

« Un très beau récit, de lecture aisée et de style alerte. » Bibliothèque pour Tous.

Sélection 1000 Jeunes Lecteurs

61 Le gang des cagoules   *FP 1769*

**Texte : George Layton,
ill. : Brigitte Breyton
traduit de l'anglais par R.-M. Vassallo**
Volume simple.

Cinq récits d'une enfance citadine au nord de l'Angleterre. Un jeune Anglais de treize ans conte les espoirs, les déceptions, les catastrophes et les joies de son enfance encore toute proche. Les copains sont parfois féroces et les grandes personnes étonnantes... Grandir est décidément un parcours plein d'embûches !

« Un ton direct teinté d'humour. » L'École et la Nation.

62 Je m'appelle Bern *FP 1770*

**Texte : Marie Halun Bloch,
ill. : Anatole Mariengof
traduit de l'américain
par Rose-Marie Vassallo**
Volume quadruple.

La ville de Kiev au Xe siècle. Bern, enlevé en bas âge par une tribu de nomades est recapturé à l'âge de douze ans, par les Kieviens qui le reconnaissent comme l'un des leurs. Mais ce n'est pas réellement une amélioration de sa situation. Il ne se sent pas plus « d'ici » que « d'ailleurs ». Dans ces conditions, pourquoi ne pas rejoindre les nomades qui assiègent Kiev, et dont il connaît la langue et les coutumes ?

« Un passionnant roman historique. » La Vie.

Sélection 1000 Jeunes Lecteurs

63 Ricou et la rivière *FP 1771*

**Texte : Thalie de Molènes,
ill. : Nathaële Vogel**
Volume triple.

La vie des bateliers sur la Vézère au XIXe siècle. Le père de Ricou (14 ans), accusé d'un crime, doit fuir le village. Ricou prend sa place, parmi les gabariers qui descendent la rivière. Ricou arrive-t-il à prouver l'innocence de son père ?

**Prix Midi Pyrénnée — 1982
Prix de la ville de Vénissieux — 1983.**

Sélection 1000 Jeunes Lecteurs

« Le récit est vivant, l'énigme est bien construite. » Ville de Vénissieux.

THALIE DE MOLÈNES
ricou et la rivière

castor poche flammarion

64 L'Archer blanc   *FP 1772*

Texte : James Houston, ill. de l'auteur traduit de l'anglais par M. Côté.
Volume double (gros caractères).

Kungo, le jeune Esquimau, a vu les Indiens tuer ses parents et enlever sa sœur. Il décide de devenir un grand archer pour pouvoir se venger. Après un long et périlleux voyage, il arrive chez Ittok et sa femme qui le considèrent comme leur fils. Ittok l'initie au tir à l'arc et la chasse. Mais auprès d'eux, Kungo trouve aussi la sagesse et la bonté. Renoncera-t-il à sa vengeance ?

« Ce récit épuré a la densité de ceux qu'on n'oublie pas. On le lit avec passion et on en reste longtemps imprégné. » La Maison de Neil.

65 Les Vagabonds   *FP 1773*

**Texte : Gianni Rodari,
ill. : Yves Beaujard
traduit de l'italien par R. Hanrion**
Volume triple.

A la mort de leur père, Doménico et Francesco sont « loués » à un vagabond qui les obligent à mendier le long des routes d'Italie. En compagnie d'une fillette, Anna, les trois enfants rencontrent bien des embûches, mais découvrent aussi l'amitié, la solidarité et l'espoir. Trouveront-ils un nouveau foyer ?

« Un livre d'aventures et une profonde expérience humaine et sociale. » Info-Livres.

66 Les enfants jetés   *FP 1774*

**Texte : Françoise Bonney,
ill. : Marie-Claude Monchaux**
Volume simple (gros caractères).

A Florence, au XVe siècle, la guerre, la famine, la maladie, la pauvreté « jettent » des enfants sous le porche de l'hôpital San-Gallo. Comment Baladassare, Verdiana, Miniato et quelques autres sont-ils arrivés là ? Que vont-ils devenir ?

Sélection 1000 Jeunes Lecteurs

« Un récit vivant, souvent dramatique, toujours passionnant ». Nous voulons Lire.

67 La sacoche jaune   *FP 1775*

**Texte : Lygia Bojunga Nunes,
ill. : Marie Gard
traduit du brésilien par Alice Raillard**
Volume double.

Raquel a trois envies qui grandissent : il y a l'envie de ne plus être une enfant, d'être un garçon, et surtout d'écrire. Elle les cache dans un grand sac jaune où elles se retrouvent en compagnie d'objets et de personnages insolites. C'est le début d'aventures pour le moins fantaisistes.

« Fantaisie, imaginaire et réalité se mêlent avec beaucoup de charme ». Bibliothèque pour Tous.

68 Canilou
FP 1776

Texte : Eric Munsterhjelm,
ill. : François Davot
traduit de l'anglais par Maryse Côté
Volume triple.

Canilou, né d'un loup et d'une chienne esquimaude, doit se débrouiller seul malgré son jeune âge. Sa vie dans le grand nord canadien est faite de déboires et de découvertes fascinantes. Partagé entre l'instinct sauvage du loup et celui du chien, Canilou arrivera-t-il à gagner l'amitié de l'homme ?

« Un roman de la veine de Croc-blanc ». La Vie.

69 Le douze juillet
FP 1777

Texte : Joan Lingard,
ill. : François Davot,
traduit de l'anglais par R.-M. Vassallo
Volume quadruple.

Sadie et Tommy sont protestants, Kevin et Brede catholiques. Ils vivent à Belfast, en Irlande du Nord, dans deux rues proches. Mais ils sont ennemis parce qu'il en est ainsi depuis des générations. La tension monte et lorsque la violence éclate, le drame qui en découle conduit les enfants à se demander : « Pourquoi cette d'incompréhension ? »

« Une question épineuse traitée comme un roman d'aventures ». Livres de France.

70 Contes du monde arabe
FP 1778

Texte : Jean Muzi,
ill. : Gérard Franquin
Volume simple (gros caractères).

Seize contes appartenant à la littérature orale du Moyen Orient et qui pourraient être un des prolongements des Contes des Mille et une Nuits. Ils mettent en scène des animaux et des hommes, dont le comportement reflète la sagesse des peuples de l'Islam.

« C'est vraiment très agréable à lire, juste le soir avant d'éteindre la lumière. » Différences.

71 Perle et les ménestrels
FP 1779

Texte : Dorothy Van Woerkom,
ill. : Nathaële Vogel
traduit de l'américain par R.-M. Vassallo
Volume triple.

En Angleterre, au XIIIe siècle, Perle et Gauvin s'enfuient des terres du seigneur auquel ils appartiennent, et sont recueillis par des ménestrels. Perle révèle ses dons de musicienne. Ils seront libres dans un an et un jour, s'ils échappent aux recherches. C'est la loi. Mais l'archer du seigneur s'intéresse à la troupe. A-t-il reconnu Perle ?

« Un récit palpitant sur une trame historique intéressante ». Le Messager.

72 Esclave des haïdas _FP 1780_

**Texte : Doris Andersen,
ill. : François Davot
traduit de l'anglais par L. Brault**
Volume quadruple.

Sans avoir tenu compte du rituel, Kim-Ta, jeune garçon de la tribu des Salish, tue l'animal le plus respecté, l'ours noir. Comme un châtiment de l'esprit en colère, les Haïdas attaquent le village Salish et emmènent Kim-ta et sa·sœur comme esclaves. Pourra-t-il oublier qu'il est né libre et fils de chef ?

« *Une aventure passionnante et pleine d'enseignements sur la liberté des hommes* ». Le Point.

73 Comme à la télé _FP 1782_

**Texte : Betsy Byars, ill. : Y. Beaujard
traduit de l'américain par R.-M. Vassallo**
Volume triple.

Lennie, Américain de onze ans, vit seul avec sa mère. Il se gorge de télévision et ne vit qu'à travers elle. Sa seule joie est de s'introduire dans une résidence où son imagination trouve à se nourrir. Mais un jour, Lennie va vivre une douloureuse aventure qui lui fera paraître la télévision, par contraste, bien iréelle et bien fade.

« *Le récit très vivant entraîne le lecteur dans une aventure insolite.* » Bibliothèque pour Tous.

74 Le visiteur du crépuscule _FP 1783_

**Texte : Denis Brun,
ill. : Gérard Franquin**
Volume double.

Un géographe reçoit la visite d'un drôle de petit garçon qui vient lui raconter des histoires. Ce savant si sérieux peut-il croire à l'histoire du sapin de Noël prenant racine dans la maison, à l'histoire du lion ou à celle de la baleine au pull rayé ? Et si pourtant ces incroyables récits étaient vrais ?

75 La dame au cerf _FP 1784_

**Texte : Wanda Chotomska,
ill. : Anatole Mariengof
adapté du polonais par Z. Bobowicz**
Volume double.

Six garçons et filles de la même classe portent la clé de chez eux autour du cou. En cherchant une des clés égarées, ils rencontrent une vieille dame pleine de dynamisme qui leur fait découvrir un cerf aux mystérieux pouvoirs. Mi-fée, mi-grand-mère, la vieille dame au cerf va transformer la vie des enfants..

« *Une belle histoire pour sourire et pour rêver.* » Notes Bibliographiques

76 Maggie voyageuse au long cours _FP 178_

**Texte : Dorothy Crayder,
ill. : François Davot
traduit de l'américain par R.-M. Vassallo**
Volume quintuple.

Maggie, Américaine de douze ans, n'a jamais quitté sa petite ville. Elle embarque seule sur un paquebot pour la traversée de l'Atlantique. Elle entrevoit déjà quelques catastrophes maritimes. Mais la réalité surprendra son imagination et transformera les dix jours de traversée en une grande aventure...

« *Un roman qui se lit d'une traite, plein de moments cocasses, d'humour, de tendresse, aussi. Bien écrit, attachant et facile.* » La revue des Glénans.

77 Pie l'oiseau solitaire   *FP 1788*

**Texte : Colin Thiele,
ill. : Roger Haldane
traduit de l'australien par A.-M.
Chapouton**
Volume double (gros caractères).

Pie vit sa jeunesse parmi les siens, sur la côte sud de l'Australie. Un jour, la colonie de pies s'amuse à poursuivre un aigle. Mais bientôt Pie se retrouve seul au dessus de l'océan. Il échoue à demi-mort, sur une île où il tentera en vain de se joindre aux oiseaux de l'île. Pie sera-t-il condamné à la solitude dans ce milieu hostile ?

Diplôme Loisirs Jeunes

« *Un merveilleux roman d'amour.* » Notes bibliographiques.

78 Maggie et les trois suspects   *FP 1789*

**Texte : Dorothy Crayder, ill. : F. Davot
traduit de l'américain
par R.-M. Vassallo**
Volume quintuple.

Le train est encore en gare de Gênes que Maggie, se sentant une âme de détective, remarque deux hippies et leur bébé qui lui semblent louches. Pourquoi cherchent-ils à l'éviter ? Est-ce vraiment leur bébé ? L'enquête se révèle ardue. A Venise, les événements se précipitent...

79 Ganesh   *FP 1786*

**Texte : Malcolm J. Bosse,
ill. : Gérard Franquin
traduit de l'américain par R.-M.
Vassallo**
Volume quintuple (senior).

Une tragédie vient déraciner Ganesh de son Inde natale et le force à gagner l'Amérique, sa terre d'origine mais dont il ne sait rien. Ganesh s'intègre peu à peu. Mais une menace inattendue vient remettre en question sa nouvelle vie.

« *Un roman riche de mille et une questions, riche de la sève de deux grandes civilisations. Excellent.* » Panorama.

80 Derrière les visages   *FP 1787*

Texte : Andrée Chedid,
Volume double (senior).

Neuf nouvelles, situées pour la plupart en Egypte et au Liban, qui cherchent à parler du cœur universel des hommes, de ces vrais visages qui existent derrière l'âge, le pays, la condition. Ces récits s'enracinent dans le concret, embrassent la cruauté de la vie, mais aussi l'espoir et l'amour.

« *Des histoires à l'écriture limpide et d'une pudeur profonde mais qui vous saisissent et vous obligent à réfléchir.* » Loisirs Jeunes.

ANDRÉE CHEDID

**derrière
les visages**

81 Mes amis les loups *FP 1794*

**Texte : Farley Mowat,
ill. : J. P. Berthier
traduit de l'anglais par F. Ponthier**
Volume quadruple (senior).

F. Mowat a étudié la vie des loups
dans le Grand Nord canadien. Captivé
par leur comportement et convaincu de
leur sociabilité, il se prend d'une véritable passion pour eux. George, Angelina
et Albert deviennent pour lui plus que
de simples sujets d'études...

*« Écrit avec un humour qui affleure à
chaque mot, un livre à lire en toute
priorité. »* Triolo.

82 La dernière
chance *FP 1795*

**Texte : Robert Newton Peck
traduit de l'américain par R.-M.
Vassallo**
Volume quadruple (senior).

Collin a quinze ans. Il trouve la vie
plutôt assommante. Le collège ? Les
parents ? Les copains ? Rien ni personne ne trouve grâce à ses yeux. Son
père l'emmène dans un trou perdu,
chez un vieil homme solitaire. Collin y
apprendra que la vie ne fait pas de
cadeau mais que c'est peut-être ce qui
en fait le sel...

83 La galopeuse
de lune *FP 1790*

**Texte : Thalie de Molènes,
ill. : Nathaële Vogel** *Volume double.*

Marine n'aime pas rester à la maison.
Elle préfère courir dans la forêt avec
Faurissou. Lui seul connaît les secrets
du feu et de l'eau. Lui seul comprend
l'attachement de Marine pour « la
galopeuse de lune », cette bête de
liberté qui jaillit de la forêt.

*« Par son regard attentif sur chacun
des personnages, avec une sensibilité très
pudique, l'auteur fait d'une simple aventure un beau récit dans lequel se retrou-
veront bien des enfants... »* Études.

84 Adieu Buzz *FP 1791*

**Texte : Molly Burkett,
ill. : François Davot
Traduit de l'anglais par R.-M. Vassallo**
Volume quadruple.

« Nous avons recueilli Buzz, un peti
de buse abandonné après un orage. E
c'est moi qui l'ai élevée. Je lui ai appri
à venir à mon poing, à voler, à chasser
Elle m'a joué des tours pendables. Buz
était à moi et je l'aimais. Mais c'était u
oiseau sauvage fait pour les grand
espaces et la liberté. »

*« Le récit est vif, plein d'imprévu, n
reculant pas devant les gags. »* 1.2.3 le
tures.

85 Bachir et
les sept épreuves *FP 179*

**Texte : Pierre Bourgeat,
ill. : Gérard Franquin
adaptation de l'auteur**
Volume double (gros caractères).

Pour échapper aux femmes de
maison, Bachir, un jeune Kabyle e
piègle et futé, part sur les hau
plateaux garder les chèvres de so
père. Mais les sept chèvres disparai
sent. Un Djinn les lui a confisquées
lui impose sept épreuves. A chaqu
épreuve réussie, Bachir regagnera u
chèvre. Qui sera le plus malin ?

86 Balles de flipper *FP 1793*

**Texte : Betsy Byars, ill. : Y. Beaujard
traduit de l'américain par R.-M.
Vassallo**
Volume triple.

Trois enfants délaissés se retrouvent
placés chez les mêmes parents nourriciers. Ils se sentent de véritables « balles
de flipper » que la vie manipule. Mais
lorsque Harvey sombre dans le désespoir, Carlie la rebelle et Thomas le
résigné sont prêts à se battre pour lui
redonner goût à la vie.

*« Ce roman-récit est bouleversant.
Vrai. Plein d'humour par moments,
même dans des situations dramatiques. »
Radio Suisse Romande.*

87 Plus de gym
pour Danny *FP 1796*

**Texte : Helen Young, ill. : Q. Blake.
traduit de l'anglais par M. Delattre**
Volume double.

Danny est sujet à des crises d'épilepsie, son entourage le considère comme
un enfant normal. Il n'en est fait ni
drame, ni mystère. Mais le nouveau
professeur de gymnastique, effrayé, lui
interdit la natation et tous les sports.
Comment Danny, privé de son activité
favorite, va-t-il réagir ?

*« Une histoire écrite avec verve, avec
humour, avec talent. Elle se lit d'un
trait. » Ombres et Lumières.*

88 Les incroyables
aventures du plus
petit des pirates *FP 1797*

**Texte : Irène Rodrian,
ill. : Anatole Mariengof
traduit de l'allemand par Jeanne Etoré**
Volume triple.

Au milieu de l'océan, le plus petit
des pirates rencontre celui qui va
devenir son plus grand ennemi, le gros
capitaine. Lors d'un abordage très
théâtral, nos deux héros vont se découvrir une profonde inimitié qu'ils vont

entretenir à plaisir lors de folles et
incroyables aventures...

89 Une longue nuit *FP 1798*

**Texte : E. C. Foster, Slim Williams
ill. : Y. Beaujard
traduit de l'américain par M. Delattre**
Volume triple.

Avant que s'installe l'obscurité du
long hiver polaire, le village esquimau
fait ses provisions mais le poisson est
rare. Le béluga, tué par Nukruk Agorek, serait-il un mauvais présage ?
Malgré les réserves rapportées du village d'été, la faim se mue vite en
famine...

90 Dix-neuf fables
du roi lion *FP 1799*

**Texte : Jean Muzi,
ill. : Gérard Franquin**
Volume double (gros caractères).

Dix-neuf fables originaires de plusieurs continents, qui nous présentent
un lion peu fidèle à son image habituelle. Le roi des animaux, tour à tour
peureux, lâche, est ridiculisé ou berné
par des animaux beaucoup plus faibles
que lui. « La raison du plus fort n'est
pas toujours la meilleure. »

« Des petits récits bien écrits et merveilleusement illustrés. » Tremplin.

91 Les enfants aux yeux éteints *FP 1802*

**Texte : Lida Durdikova,
traduit du tchèque par Miléna Braud**
Volume simple (senior).

Claire, une jeune fille de dix-huit ans, emmène six enfants aveugles, passer trois mois à la montagne dans sa maison. Durant tout un été, elle va les accompagner dans leurs découvertes du monde, à la rencontre de sensations nouvelles...

« *Un témoignage bouleversant* » Le Monde de l'Éducation.

92 Au diable les belles journées d'été ! *FP 1803*

**Texte : Barbara Robinson,
Traduit de l'américain par R.-M. Vassallo**
Volume triple (senior).

Pour Janet, l'été de ses seize ans, porte le nom magique de Eddie Walsh. Il paraissait inaccessible et voilà qu'il a fait de Janet son amie attitrée. Mais est-ce pour longtemps ? Au diable les belles journées d'été lorsqu'on est seule !

« *Un petit roman drôle, chaleureux et très finement observé, à dévorer.* » Triolo.

93 Viou *FP 1800*

Texte : Henri Troyat, ill. : Marie Gard
Volume quadruple.

Depuis la mort de son père, Viou vit chez ses grands-parents. Sa mère travaille à Paris et ne vient pas souvent la voir. Seule la tendre complicité du grand-père vient rompre la monotonie de la vie de Viou. Mais lorsque celui-ci disparaît à son tour, c'est tout l'univers de Viou qui bascule à nouveau...

« *Un superbe ouvrage plein de délicatesse, de sensibilité, de vie.* » Le Figaro.

94 Vendredi ou la vie sauvage *FP 1804*

**Texte : Michel Tournier,
ill. : Gérard Franquin**
Volume triple.

A la suite du naufrage de « La Virginie », Robinson Crusoé se retrouve seul rescapé sur une île. Après le découragement et le désespoir, il aménage l'île avec l'aide de son serviteur, l'Indien Vendredi. Mais, à la suite d'un accident, cette fragile civilisation instaurée par Robinson s'effondre.

« *Illustré dans un style original et vivant.* » Livres Jeunes Aujourd'hui.

95 La boîte aux lettres secrète *FP 1801*

**Texte : Jan Mark, ill. : Mary Rayner
traduit de l'anglais par R.-M. Vassallo**
Volume double (gros caractères).

Comment correspondre avec sa seule amie après son départ, lorsqu'on a dix ans, pas de téléphone et que les timbres coûtent chers ? Louise a une idée : déposer des messages dans un boîte aux lettres secrète; L'idée n'est pas si mauvaise, même si les effets sont plutôt inattendus...

« *Alerte et piquant, proche de la vie des enfants qui croient en l'amitié; A dévorer d'une traite.* » Libre Belgique.

6 En route
pour Lima *FP 1806*

Texte : Nathan Kravetz, ill. : V. Rio
traduit de l'américain par V. Fabre
Volume triple.

Carlos est le fils d'un paysan de la montagne péruvienne. Malgré ses treize ans, il rêve de descendre à la grande ville. Lima est pour lui la ville où se réalisent toutes les espérances. Il entreprend le long voyage perché sur le toit d'un autocar...

« Un livre très sobre, qui décrit bien la vie des jeunes péruviens, leur soif d'apprendre et de progresser... Un livre document, intéressant et vivant ». Livres Jeunes Aujourd'hui.

7 Ma renarde
de Minuit *FP 1808*

Texte : Betsy Byars, ill. : Y. Beaujard
traduit de l'américain
par R.M. Vassallo
Volume quadruple.

Tom, dix ans, doit passer l'été dans la ferme de son oncle. Cela ne l'enthousiasme pas du tout ! Et pourtant, une bête des bois, une renarde noire, fascinante, transforme ses vacances en un grand jeu palpitant.

« Un roman psychologique très fin ». Culture et Bibliothèque pour tous.

98 Par une
nuit noire *FP 1809*

Texte : Clayton Bess, ill. : S. Crévelier
traduit de l'américain
par R.M. Vassallo
Volume triple.

Dans une case isolée, au cœur de la brousse africaine, deux inconnues et leur bébé sont hébergés pour la nuit. Mais au matin, seul l'enfant est encore là ! Et la vérité éclate au grand jour : le bébé a la variole. Mais peut-on l'abandonner pour autant ? Comment lutter contre la terrible maladie ?

« Un récit fort et simple à la fois. Un livre poignant, fait d'interrogations et de doutes, d'où émerge — seule certitude — la présence d'amour et de courage. » Loisirs Jeunes.

99 Les chants
du coquillage *FP 1810*

Texte : Jean-Marie Robillard
ill. : May Angeli
Volume double (gros caractères).

Nanou, l'amie d'un été, le combat du vieux pêcheur avec un congre gigantesque, la première longue sortie en mer... Ces récits et les autres relatent cette vie accrochée à la mer, parfois drôle, parfois dangereuse...

« Neuf récits lyriques... Neuf récits cristallins... Neuf récits mélancoliques, courts, prenants, à lire et à conseiller. » Nous voulons lire.

100 Claudine de Lyon *FP 1807*

Texte : Marie-Christine Helgerson
ill. : Yves Beaujard
Volume triple.

A onze ans, Claudine a déjà le dos voûté des canuts, car elle doit se pencher sur le métier à tisser, dix heures par jour, dans l'atelier de son père. Ceci se passait à Lyon, il y a juste cent ans... Mais Claudine refuse cette existence de tristesse, de maladie et de pauvreté. Elle veut aller à l'école...

101 L'énigme du gouffre noir *FP 1812*

**Texte : Colin Thiele, ill. : Y. Beaujard
traduit de l'australien par N. Chaptal**
Volume quadruple.

Les cavernes souterraines sont très nombreuses dans la région d'Australie où habitent Ket et sa famille. Il ne fait pas bon se risquer dans ces trous remplis d'eau et dans ces tunnels sinueux. Ket et sa sœur le savent bien... Mais le bruit court qu'un trésor se serait enfoui au fond du gouffre noir. Et voilà Ket entraîné par ses deux amis dans ce véritable trou de la mort... Comment retrouver la sortie ?

102 Les poings serrés *FP 1813*

Texte : Olivier Lécrivain
Volume triple (senior).

Un sacré bagarreur, Loïc, l'apprenti forgeron ! Ses poings de quatorze ans, il sait s'en servir... Alors, lorsqu'on remonte de l'étang, le corps de Dédé on a vite fait d'accuser ce voyou de Loïc. Loïc ne laisse pas détruire ta vie par ces calomnies ! Oui mais voilà, depuis son accident de moto, Loïc ne se souvient pas bien... Et s'il était coupable ?

103 Sept baisers sans respirer *FP 1814*

**Texte : Patricia MacLachlan,
ill. : Solvej Crévelier
traduit de l'américain
par R.-M. Vassallo**
Volume triple (gros caractères).

En l'absence de leurs parents, Emma sept ans et son grand frère Zachary sont gardés par leur oncle et leur tante. Mais dès le premier matin, Emma s'indigne ! Tante Evelyne et Oncle Elliot sont bien gentils mais ils ignorent tout de l'art de vivre. Il est urgent qu'Emma — aidée par Zachary — leur donne quelques leçons sur leur rôle de futurs parents !

104 Mon pays perdu *FP 181*

**Texte : Huynh Quang Nhuong,
traduit de l'américain
par R.-M. Vassallo**
Volume triple (Senior).

Quinze courts récits, souvenirs d'une enfance vietnamienne, dans un hameau de paysans-chasseurs, en lisière de la jungle. Un Vietnam méconnu, une nature rude et impitoyable, des êtres dont la vie est souvent menacée de mort violente... Amis ou ennemis, il faut apprendre à vivre avec les créatures sauvages, à les combattre et parfois à les apprivoiser...

105 Harry-Pomme et les autres *FP 18*

**Texte : Mary Riskind, ill. : Y. Beauja
traduit de l'américain par M. Delatt**
Volume quadruple.

Quitter la ferme familiale pour aller à l'école, en ville, pour tout garçon de d ans, c'est un événement à la fois excita et déroutant. Mais pour Harry-Pom c'est un véritable défi ! En effet, com ses parents, ses frères et sœurs, Harry sourd de naissance. Que d'inquiétu mais aussi que de découvertes et de je passionnants l'attendent à l'internat dans les rues de Philadelphie !

06 Les naufragés
du Moonraker   *FP 1816*

Texte : Eth Clifford, ill. : F. Davot
Traduit de l'américain
par R.-M. Vassallo
Volume sextuple.

Au large des côtes de Nouvelle-Zélande, à bord du *Moonraker*, c'est l'horreur pour les 83 passagers. En quelques minutes, le trois-mâts disparaît, fracassé sur les rochers. Au milieu des cris et du fracas des vagues, deux canots s'éloignent. Les dix survivants dont un jeune garçon abordent une île déserte et tentent de survivre à la faim, au froid, au désespoir...

07 ... Et puis je suis
parti d'Oran   *FP 1817*

Texte : Lucien-Guy Touati,
Volume quadruple (senior).

Oran, septembre 1961. Pour Lucien, c'est l'aube d'une nouvelle année scolaire qui s'annonce semblable aux autres. En toile de fond, la guerre d'Algérie qui sévit depuis sept ans...

Pourtant un matin de mars 1962, il se trouve sur le pont d'un bateau en partance pour la France. Auprès de lui, sa mère, ses frères et sœurs et leurs valises. Pourquoi ce départ précipité ? Que s'est-il passé ? Lucien cherche à comprendre...

08 Dix histoires
de diable   *FP 1818*

Texte : Natalie Babbitt, ill. de l'auteur
traduit de l'américain
par R.-M. Vassallo
Volume triple (gros caractères).

Pour se changer les idées, le diable descend parfois sur terre tenter quelque mauvais coup... Mais son pouvoir maléfique n'opère pas toujours. Il n'est pas si facile de duper les humains !

Rude métier que celui de diable...

109 Le sixième jour   *FP 1819*

Texte : Andrée Chedid,
ill. : Gérard Franquin
Volume quadruple (senior).

Dans la crainte permanente des dénonciations, la vieille Om Hassan tente seule de sauver son petit-fils atteint du choléra. Pendant six jours, avec son amour pour unique médecine, elle s'épuise à repousser le découragement et à insuffler à l'enfant malade la force de vivre...

Nouveauté mars 85.

110 Moi, Benjamin
Superchien   *FP 1820*

Texte : Judith Whitelock McInerney,
ill. : Anatole Mariengof
traduit de l'américain par Maëlig Ivy
Volume quadruple.

Benjamin, le saint-bernard de la famille O'Riley a une vie plutôt mouvementée. Il nous la raconte, non sans humour : « N'allez pas me dire que je suis un chien de sauvetage sans emploi ! Dans une famille de trois enfants, croyez-moi, ce ne sont pas les occasions d'héroïsme qui manquent ! Surtout quand une tornade, une vraie, dévaste la ville... »

Nouveauté mars 85.

111 Une tempête de cheval
FP 1821

Texte : Franz Berliner, ill. : S. Crévelier
traduit du danois
par Karin Ringstrøm-Müller
Volume quadruple.

Lars, Mikkel et Marie ne sont pas prêts d'oublier ce week-end de novembre ! « Pas de problèmes, avaient-ils dit à leurs parents, nous saurons bien nous occuper de la ferme en votre absence. » Mais une tempête imprévue s'abat sur la région. Les enfants se retrouvent coupés du monde... et les chevaux en profitent pour s'échapper...
Nouveauté mars 85.

112 Dragon l'ordinaire
FP 1822

Texte : Xavier Armange, ill. de l'auteur
Volume quadruple (gros caractères).

Dragon l'ordinaire mérite bien son nom. Sans espoirs, sans envies il coule des journées mornes et tristes. Un magicien lui suggère de partir à travers le monde en quête de l'Amour. Et Dragon quitte ses petites habitudes... Le voilà entraîné, malgré lui, dans une série d'aventures en cascades...
Nouveauté mars 85.

113 Une télé pas possible
FP 1823

Texte : Mary Rodgers, ill. : D. Lauer
traduit de l'américain
par Rose-Marie Vassallo.
Volume sextuple.

Boris et Annabel s'aperçoivent que le vieux téléviseur réparé par Ben donne les émissions du lendemain ! Voilà un moyen de gagner beaucoup d'argent ! songe Boris. Il suffit de jouer aux courses de chevaux. Annabel pense prévenir les incendies et autres catastrophes. Mais peut-on dévier le cours du destin ?
Nouveauté avril 85.

114 La ville en panne
FP 18.

Texte : Joan Phipson, ill. : Y. Beaujar
traduit de l'australien par Maëlig Ivy
Volume sextuple.

Nick et Belinda (deux Australiens d treize et onze ans) gravissent à pied, le dix étages menant à leur appartement. n'y a plus d'électricité et c'est le déb d'une grève totale : plus rien ne fon tionne normalement. Mais le plus d pour eux, c'est que leur mère n'est pa rentrée. Que vont-ils devenir seuls da cette grande ville que ses habitan fuient ?
Nouveauté avril 85.

FRANZ BERLINER
une tempête de cheval
castor poche flammarion

115 Mary, la rivière et le serpent
FP 18

Texte : Colin Thiele, ill. : A. Bougero
traduit de l'australien
par A. Marie Chapouton
Volume triple (gros caractères).

Mary habite avec ses parents u petite ferme d'Australie. Au fil saisons, elle travaille avec eux dans vergers. Mais une inondation enva tout. Sa mère s'étant gravement brû Marie, pour chercher du secours, affronter seule la rivière en furie. M des bras de dix ans peuvent-ils lu contre le courant ?
Nouveauté avril 85.

A paraître :

Cet
ouvrage,
hors commerce
de la collection
CASTOR POCHE,
a été achevé d'imprimer
sur les presses de l'imprimerie
Brodard et Taupin
à La Flèche
en avril
1985

Dépôt légal : mai 1985.
N° d'Edition : 12015. Imprimé en France
ISBN : 2-08-161836-2